Des Lebens Lust

Peter Nansen

Impressum

Autor: Peter Nansen
Umschlagkonzept: toepferschumann, Berlin

Verlag: tradition GmbH, Hamburg
ISBN: 978-3-8424-0984-2
Printed in Germany

Tucholsky Wagner Zola Scott Sydow Freud Schlegel
Turgenev Wallace Fonatne

Twain Walther von der Vogelweide Fouqué Friedrich II. von Preußen
Weber Freiligrath Frey

Fechner Weiße Rose von Fallersleben Kant Ernst Frommel
Fichte Richthofen

Fehrs Engels Fielding Hölderlin
Faber Flaubert Eichendorff Tacitus Dumas

Feuerbach Maximilian I. von Habsburg Fock Eliasberg Ebner Eschenbach
Ewald Eliot Zweig

Goethe Vergil
Mendelssohn Balzac Shakespeare Elisabeth von Österreich London

Trackl Lichtenberg Rathenau Dostojewski Ganghofer
Mommsen Stevenson Hambruch Doyle Gjellerup
Thoma Tolstoi Lenz Hanrieder Droste-Hülshoff

Dach Verne von Arnim Hägele Hauff Humboldt
Reuter Rousseau Hagen Hauptmann
Karrillon Garschin Gautier

Damaschke Defoe Hebbel Baudelaire
Descartes Hegel Kussmaul Herder

Wolfram von Eschenbach Dickens Schopenhauer Rilke George
Bronner Darwin Melville Grimm Jerome Bebel
Campe Horváth Aristoteles Proust

Bismarck Vigny Barlach Voltaire Federer Herodot
Gengenbach Heine

Storm Casanova Tersteegen Grillparzer Georgy
Chamberlain Lessing Langbein Gilm Gryphius

Brentano Lafontaine
Strachwitz Claudius Schiller Kralik Iffland Sokrates
Katharina II. von Rußland Bellamy Schilling

Gerstäcker Raabe Gibbon Tschechow

Löns Hesse Hoffmann Gogol Wilde Vulpius
Luther Heym Hofmannsthal Morgenstern Gleim
Roth Heyse Klopstock Klee Hölty Kleist Goedicke

Luxemburg Puschkin Homer
Machiavelli La Roche Horaz Mörike Musil

Navarra Aurel Musset Kierkegaard Kraft Kraus
Nestroy Marie de France Lamprecht Kind Kirchhoff Hugo Moltke

Nietzsche Nansen Laotse Ipsen Liebknecht
Marx Ringelnatz
von Ossietzky Lassalle Gorki Klett Leibniz
May vom Stein Lawrence Irving

Petalozzi
Platon Pückler Michelangelo Knigge
Sachs Poe Kock Kafka
de Sade Praetorius Mistral Liebermann Korolenko
Zetkin

Der Verlag tradition aus Hamburg veröffentlicht in der Reihe **TREDITION CLASSICS** Werke aus mehr als zwei Jahrtausenden. Diese waren zu einem Großteil vergriffen oder nur noch antiquarisch erhältlich.

Symbolfigur für **TREDITION CLASSICS** ist Johannes Gutenberg (1400 — 1468), der Erfinder des Buchdrucks mit Metalllettern und der Druckerpresse.

Mit der Buchreihe **TREDITION CLASSICS** verfolgt tradition das Ziel, tausende Klassiker der Weltliteratur verschiedener Sprachen wieder als gedruckte Bücher aufzulegen – und das weltweit!

Die Buchreihe dient zur Bewahrung der Literatur und Förderung der Kultur. Sie trägt so dazu bei, dass viele tausend Werke nicht in Vergessenheit geraten.

Text der Originalausgabe

Peter Nansen

Des Lebens Lust

Novellen

S. Fischer Verlag, Berlin

Erstes bis fünftes Tausend.

Gedruckt während der Kriegszeit auf Papier mit Holzschliffzusatz.

Der Brief der Mutter

1

Wie furchtbar traurig, daß ein junger Mann und ein junges Weib, die einander lieben, nicht gut zueinander sein können.

Was für ein unglückseliger Instinkt ist es, der die beiden Geschlechter gegeneinander aufreizt, sobald die Leidenschaft sie nicht mehr verbindet?

Am allerhäßlichsten ist wohl die Übergangszeit, wenn der Trieb in ihnen noch nicht erstorben ist und sie, mit Haß in ihren Herzen, wissend, daß sie einander nachher noch weit mehr hassen werden, getrieben von rein animalischem Drang, sich einander immer wieder in die Arme werfen und ihre Erniedrigung mit lügenhaften Worten von Versöhnung und neuer Liebe ausschmücken.

Großer Gott, daß Laura und ich, die wir einander geschworen hatten, der Welt eine glückliche Ehe zu zeigen; geschworen, auch wenn wir alt und häßlich würden, in Güte und Verständnis und schönen Erinnerungen an unsere Jugend zusammenhalten zu wollen – daß wir jetzt, sieben Jahre nach unserer Hochzeit, so weit sind, daß wir in Gegenwart Fremder unserer ganzen Selbstbeherrschung bedürfen, um unsere Nerven im Zaum zu halten und nicht mit den giftigsten Worten aufeinander loszufahren – wie empörend, wie sinnlos ist das. Und kaum sind wir allein, bricht das Unwetter los. Wir zerfleischen einander, wir schlagen uns unsere Klauen so böse und tief wie nur möglich ins Herz. Es ist kein Gewitter, das reinigt. Es ist ein Unwetter, das, wenn es nicht mehr kann, wenn es sich müde getobt hat, in derselben schwül vergifteten Luft unheilschwanger fortbrütet.

Seit Lauras und meine Ehe ein so widerwärtig böser Zweikampf geworden ist, habe ich begonnen, die Ehen der anderen geradezu krankhaft zu belauschen. Vorsichtig habe ich versucht, gleichaltrige verheiratete Freunde auszuforschen. Sie lächelten verlegen oder lachten frivol. Als jedoch einer Äon ihnen kürzlich naiv aufrichtig sagte: »Wie beneide ich dich und Frau Laura – wie gut habt ihr es noch immer zusammen!« – geriet ich in die tiefste Verzweiflung. Gerade von ihm und seiner Frau hatte ich geglaubt, daß sie in einer wirklich glücklichen Ehe lebten. Anscheinend spielten Laura und ich gut Komödie. Aber doch wohl kaum besser als die andern.

Ich habe einen um acht Jahre älteren verheirateten Bruder. Er ist Direktor einer Lebensversicherungsgesellschaft, ist dick, kahlköpfig, und hat behäbige Beamtenallüren. Seine Frau ist ebenso dick wie er. Wenn sie Sonntags die Strandpromenade oder die Frederiksbergallee entlangwatscheln, mit fünf reingewaschenen, schlaksigen Kindern auf den Fersen, ohne etwas anderes zu reden als:»Gib acht, Ludowika, die Elektrische!« oder »Paß auf, Gustel, ein Radfahrer!« ähneln sie einem Gänsepaar, das eine Brut langbeiniger Gänschen spazieren führt. Nie habe ich gehört, daß sie sich gezankt haben, nie aber auch sie ein verliebtes Wort wechseln hören. Aber sie sind sicher auf ihre Art glücklich.

Ich kenne auch einige Pastorenehen, die bestimmt ohne Stürme verlaufen sind. Und als ganz junger Mensch verkehrte ich bei einem alten pensionierten Offizier, der sich ein Gut gekauft hatte. Trotz seinem hohen Alter – er mochte fünfundsechzig oder siebzig Jahre alt sein – war er noch ein schöner, stattlicher Mann, während seine Frau an Rheuma und Asthma litt und nur auf zwei Stöcke oder auf seinen Arm gestützt zu gehen vermochte. Aber wie ritterlich und fein behandelte er sie, ganz als sei sie noch immer seine Angebetete. Und wie zärtlich und dankbar und verliebt sah sie ihn an und sprach sie über ihn. Wenn ich an diese Ehen denke, bin ich fest überzeugt, daß sie nicht so gewesen sind wie meine Ehe oder die Ehen, die ich sonst überall in meinem Bekanntenkreise finde.

Und wenn ich an das Leben in meinem Elternhause zurückdenke, habe ich auch den Eindruck einer guten glücklichen Ehe.

Wie kommt es, daß fast alle modernen Ehen entweder so rasch gelöst werden oder sich zu einer Hölle gestalten?

Wie ist der Geschlechtshaß in die Welt gekommen? Sind wir modernen Menschen bösartiger als die Menschen früher?

Man sollte doch gerade glauben, daß wir in unserer Zeit weit größere Voraussetzungen hätten, in der Ehe glücklich zu werden, als die früheren Generationen. Wir Männer haben die Frau respektieren gelernt, wir haben ihr dieselben bürgerlichen Rechte eingeräumt, die uns früher allein zustanden. Wir wissen, bevor wir heiraten, über die Ehe und ihre Schwierigkeiten so gründlich Bescheid. Junge Männer sprechen mit jungen Mädchen so freimütig und ehrlich, wie man es früher kaum unter gleichaltrigen Geschlechtsgenossen wagte. Wir erörtern alles mit unseren Bräuten. Wir versprechen uns, Geduld und Verständnis für einander zu haben. Unsere Ehe soll nicht, wie sie es einst war, eine Zwangsanstalt werden. Die Frau vor allem soll das Recht haben, jung und fröhlich zu bleiben, auch wenn sie verheiratet ist. Sie soll nicht ihre Jugend in Wochenbetten verbringen und eine Gänsemama werden wie meine Schwägerin. Sie soll selbst bestimmen, wann sie Mutter werden und wie viele Kinder sie haben will. Denn das wissen doch selbst diejenigen, die nicht Medizin studiert haben, daß nicht der liebe Gott uns die Kindlein schenkt.

Und dennoch!

Laura und ich sind nun so weit, daß wir überhaupt nur mehr das Notwendigste miteinander reden – zuweilen nicht einmal das. In den letzten Monaten zum Beispiel hat sie es sich angewöhnt, so oft sie Geld für den Haushalt oder anderes braucht, in meiner Abwesenheit einen Zettel auf meinen Arbeitstisch zu legen: »Ich brauche so und so viel. Leg mir ein Kuwert mit dem Geld unter den Leuchter auf meinen Schreibtisch.«

Ungefähr vor einem halben Jahr versuchten wir doch noch, ab und zu vernünftig miteinander zu sprechen. Wenn ich an jene Gespräche zurückdenke, kommt es mir vor, als wäre es ein reines Paradies gewesen. Wir hatten es beinahe gemütlich, selbst wenn der Gegenstand unserer Erörterung die Notwendigkeit unserer Scheidung war – vorausgesetzt, daß wir keine erträgliche Form für ein weiteres Zusammenleben fänden. Wir saßen, rauchten Zigaretten und tranken ein Glas guten Wein. Es gab Abende, die mit dem Gelöbnis endeten, uns zusammenzunehmen, uns Mühe zu geben, als gute Kameraden miteinander zu leben. Zuweilen konnten wir sogar über unsere eigene Torheit scherzen. Und ich ging glücklich zu Bett, nachdem wir unser Übereinkommen durch einen guten, festen Händedruck besiegelt hatten. Ein paar Tage vergingen dann ganz erträglich. Plötzlich jedoch, eines Morgens, wenn Laura schlecht geschlafen hatte, oder wenn einer von uns irgendetwas sagte oder tat, das ihre oder meine Nerven irritierte, stürzte unser lose gefügtes

Kartenhaus zusammen. Und wieder standen wir mit noch schärferen Klauen einander gegenüber.

Es gab freilich auch Gespräche, die in bitterem Zorn endigten, und das einzige, worüber wir uns einigten, war, daß wir uns scheiden lassen müßten, und zwar so rasch wie möglich!

Dann kam aber das Peinliche: Die Bedingungen!

Laura hatte bei der Obervormundschaft ein kleines Vermögen, etwa 20 000 Kronen, dessen Zinsen ihre Toilettenausgaben und sonstige kleine Bedürfnisse nahezu deckten. Ich besaß kein Vermögen, verdiente durch meine Praxis jedoch ungefähr 15 000 bis 20 000 Kronen jährlich. Das Geld bei der Obervormundschaft gehörte natürlich Laura. Darüber war kein Zweifel. Unsere Einrichtung hatte zum größten Teil ich angeschafft. Daß Laura jedoch die Sachen mitnahm, die sie in die Ehe mitgebracht hatte oder die zu ihren eigenen Zimmern gehörten, war selbstverständlich. Was den Rest anbelangte, schlug ich ihr vor, da eine Teilung keinem von uns eine komplette Möblierung gegeben hätte, ihr die Hälfte der Aussteuer durch eine Barsumme zu ersetzen. Durch meinen Beruf war ich genötigt, einen selbständigen Haushalt weiterzuführen, während sie leicht in einer eleganten Pension leben konnte. Allein der bloße Gedanke, daß ich dieses oder jenes Stück aus unserer gemeinsamen Wohnung behalten sollte, erbitterte sie. Und noch ärger wurde es, wenn ich erklärte, daß ich ihr nicht mehr als 4 000, höchstens 5 000 Kronen jährlichen Unterhalt bewilligen konnte. Mit den Zinsen ihrer 20 000 Kronen hätte sie dann ein Einkommen von ungefähr 5 000 bis 6 000 Kronen, abgesehen von dem kleinen Reservefond, der ihr als Ablösung ihres Möbelanteiles blieb. Mit einer solchen Summe, meinte ich, müßte eine einzelne Dame doch anständig leben können.

Sie fand es empörend, daß mir auf diese Weise eine Einnahme von 12 000 bis 15 000 Kronen blieb, während sie nur 5 000 haben sollte. Gerecht wäre, wenn jeder gleich viel bekäme. Ich machte sie darauf aufmerksam, daß ich es sei, der das Geld durch meine Arbeit verdiene, und daß sie kein schlechtes Geschäft gemacht habe, wenn sie aus einer kurzen Ehe, die in ihrer letzten Hälfte für mich eine Hölle gewesen sei, mit einem Einkommen herausging, das den Zinsen eines Kapitals von 100 000 Kronen entsprach. Außerdem müsse sie bedenken, daß, falls sie sich wieder verheirate, ihr künftiger Mann weiter für sie sorgen werde, während ich, wenn ich je so töricht sei, mich zu einer zweiten Ehe verleiten zu lassen, zwei Frauen zu versorgen hätte und der einen, die mir längst keinerlei Freuden mehr bereitete, doch nicht gut mehr als ein Drittel oder ein Viertel meiner Einnahmen überlassen könne.

Ich glaube wirklich, daß ich mit meiner Beweisführung recht hatte. Sie jedoch geriet in einen unbeschreiblichen Zustand von Aufregung. Wäre nicht alles so traurig und häßlich gewesen, so hätten ihre Gegenargumente mich zum Lachen reizen können. Besonders, wenn sie unter anderm geltend machte, daß sie doch ebenfalls ihre Arbeit gehabt hätte, da doch der ganze Haushalt auf ihren Schultern lag. Mir fehlte der überlegene Humor, dergleichen scherzhaft zu nehmen – zudem hätte ein Scherz die Diskussion wohl kaum gemütlicher gemacht. Ich sagte ihr daher nur boshaft und höhnisch, daß ich ihre Hausführung leicht mit dreißig, vierzig Kronen hätte erkaufen können, obendrein noch bedeutend besser.

Diese Scheidungsabende waren widerwärtig. Und sie endeten ohne ein anderes Resultat, als daß wir uns noch ein paar unheilbare Wunden mehr schlugen. Ernst wurde es doch nicht mit der Scheidung. Mit Rücksicht auf meine alte kranke Mutter wollte ich sie bis nach deren Tod hinausschieben. Es war ja auch möglich, daß ich Laura dann etwas bessere Bedingungen vorschlagen konnte, denn nach meiner Berechnung fielen mir 40 000 bis 50 000 Kronen als Erbe zu. Auch für Laura war diese zu erwartende Erbschaft, die in ihrer Phantasie zu einem enormen Vermögen anschwoll, ein entscheidender Grund, die Trennung nicht zu beschleunigen. Immer wieder bekam ich von ihr zu hören, daß ich selbstverständlich nur darauf spekuliere, mich ihrer noch vor dem Tode meiner Mutter zu entledigen, um sie um ihren Anteil zu betrügen. Ich machte sie darauf aufmerksam, wenn das meine Absicht sei, brauchte ich meine Mutter ja nur zu bestimmen, das Geld bei der Obervormundschaft für mich festlegen zu lassen, wie ihre Eltern es mit ihren 20 000 Kronen getan hatten. Kaum hatte ich etwas derartiges gesagt, so wurde sie vollkommen desperat. Daß ihre Eltern dafür gesorgt hätten, mir ihr Geld nicht zugänglich zu machen, sei nur begreiflich und klug gewesen. Sonst hätte ich es längst vertan. Aber empörend sei es, daß ein Mann, nachdem er die besten Jahre einer Frau mißbraucht habe, sie eines schönen Tages in Armut und Elend vor die Tür setzte, während er in Reichtum und Luxus zurückblieb und ihre Zimmer, ihre Möbel obendrein vielleicht Mädchen von der Straße, Dirnen auslieferte. Nein, keine Macht der Erde sollte sie aus diesem Hause treiben, ehe meine Mutter im Grabe lag, und ehe sie, Laura, ihren rechtmäßigen Anteil an dem Erbe bekommen hatte!

Wenn wir soweit gekommen waren, hatte ich das Gefühl, als kröchen mir schleimige Würmer den Rücken entlang. Ich sah Lauras Gesicht wie den häßlichen Kopf eines Aasgeiers auf langem, nacktem, gurgelndem Halse. Ich mußte mir Gewalt antun, um sie nicht zu erwürgen, und ich stürzte aus dem Wohnzimmer in mein eigenes Zimmer und riegelte die Tür hinter mir zu.

Ein paar Minuten lang hörte ich ihr krampfhaftes Weinen, aber mein Herz war so verhärtet, daß ich kein Mitleid empfand. Dann erstarb das Weinen in einem tiefen, etwas zu demonstrativ tiefen Seufzer. – Eine Tür fiel ins Schloß. Auch sie war in ihre bittere, haßerfüllte Einsamkeit gegangen, wie ich in die meine.

2

Meine Mutter war tot. Am Tage nach dem Begräbnis brachte mir meine unverheiratete Schwester Wilhelmine, die mit meiner Mutter zusammen gelebt hatte, einen Brief, der an Laura und mich adressiert war. Die Mutter hatte ihn ungefähr zu der gleichen Zeit geschrieben, als ich die obigen Bekenntnisse über meine Ehe zu Papier gebracht hatte. Das war wenige Monate bevor sie auf das Krankenlager sank, von dem sie sich nicht mehr erheben sollte. Sie hatte ihn Wilhelmine übergeben mit dem Auftrag, ihn erst dann an mich gelangen zu lassen, wenn sie zur Ruhe gebettet sei.

Er steckte in zwei Umschlägen.

Auf dem äußeren stand:»An meinen lieben Emil und meine liebe Laura.« Auf dem inneren stand:»Ich wünsche, Emil, daß Du diesen Brief gemeinsam mit Deiner Frau lesen mögest, ohne ihn vorher für Dich allein gelesen zu haben. Der Brief ist an Euch beide gerichtet. Keiner von Euch hat Anspruch darauf, ihn vor dem andern zu kennen. Setze Dich also an Deinen Schreibtisch, Emil, und laß Laura, während Du ihr den Brief vorliest, in dem Lehnstuhl am Fenster sitzen. Und lies ihn ohne Unterbrechung von Deiner und Lauras

Seite zu Ende. Versprich mir das! Ich bin ja keine Meisterin in der Kunst des Schreibens, und mein Versuch einer Abhandlung über die moderne Ehe, richtiger – um nicht allzu unbescheiden zu sein – über Eure Ehe, verträgt es nicht, durch eingestreute Kritik und spöttische Randbemerkungen zerstückelt zu werden.«

Wir saßen, wie Mutter es gewünscht hatte, und ich las:

»Meine lieben Kinder! Ich brauche Dir, mein Emil, wohl kaum zu sagen, daß Du von klein auf mein Lieblingskind gewesen bist, ohne daß deswegen, glaube ich. Deine Geschwister Grund gehabt hätten, sich zu beklagen. Ich bin Euch Kindern gegenüber ja immer gewesen, was Du einmal höchst geschmackvoll eine alte Glucke nanntest. Du also warst mein Lieblingsküchlein. Du warst das Hübscheste und Begabteste meiner Kinder und außerdem immer so gut und liebevoll.

Und in Dich, Laura, habe ich mich sogleich verliebt. Wie entzückend sahst Du aus an jenem Julitag vor neun Jahren, als Emil mit Dir auf die Veranda der kleinen Villa trat, in der ich und Wilhelmine damals wohnten. Du hattest ein weißes Mullkleid an und trugst einen großen Blumenhut mit kleinen, hellrosa Rosenknospen. Ich hatte ja gar keine Ahnung und war ganz überwältigt, als Du, ohne daß eines von Euch ein Wort gesagt hatte, Dich zu mir hinunterneigtest, mich auf beide Wangen küßtest und strahlend vor Glück riefst: ›Ich bin also Emils Herzallerliebste und heiße Laura!‹

Ob Ihr noch manchmal daran denkt, wie glücklich Ihr damals wart? Ich glaube, daß ich nie ein schöneres Paar gesehen habe als Euch. Oft und oft, wenn Ihr mich besucht hattet, lag ich stundenlang in meinem Bett und lachte über all den Spaß, den wir zusammen gehabt hatten, und freute mich, wie lieb Ihr zu mir und zueinander gewesen wart. Und ich dankte Gott, daß er mich die Freude erleben ließ, meinen Lieblingsjungen mit einer so entzückenden Braut zu sehen. Hier – dachte ich – braucht man keine falsche, schmeichlerische Wahrsagerin zu sein, um Glück zu prophezeien.

Eure junge Heiterkeit machte auch mich beinahe übermütig. Erinnert Ihr Euch, wie oft wir – ein bißchen unartig – über Franz, seine Frau und seine glattgekämmten Kinder lachten? Wir sagten, wie langweilig es bei ihnen sein möchte. Ich alte, verliebte Törin sekundierte Euch bei Euren Narrenspossen und Witzen über eine Ehe, die doch die Probe bestanden hat.

Nur einmal wurde ich verstimmt. Franz und seine Frau waren mit Euch zusammen bei mir zu Tisch gewesen, hatten sich jedoch mit Rücksicht auf Regitzes Zustand – sie erwarteten damals ihr viertes Kind – bald zurückgezogen. Kaum hatte Wilhelmine sie hinaus begleitet, sagtest Du, liebe Laura, im Ton des Abscheus: ›Wie häßlich das ist! Freilich, Regitze ist auch sonst nicht allzu hübsch. Aber nicht wahr, Emil, Du hältst Dein Versprechen?‹ Ich hatte gerade noch Zeit, einzuwerfen: ›Aber Laura, das kann doch nicht Dein Ernst sein? Kann es für eine Frau ein größeres Glück geben? Ich glaube, wenn Du so wärst, wie Du jetzt sagst, dann hättest Du nie Deinen Emil gefunden.‹ In diesem Augenblick kam Wilhelmine zurück, und wir sprachen von etwas anderem. Ich war dumm genug, es dabei bewenden zu lassen und mir einzubilden, Dir sei nur eine gedankenlose Äußerung entfahren, weil – wie ich gern zugeben will – Regitze ihr Zustand übel kleidete.

Ich hätte mit Dir über diese Frage ernst und liebevoll sprechen müssen. Ob es geholfen hätte, ist etwas anderes. Jetzt aber fühle ich mich geradezu mitverantwortlich, daß alles so gekommen ist.

Ihr entwickeltet oft Ansichten über die Ehe, über das Verhältnis zwischen Mann und Frau, die das Gegenteil von jenen waren, in denen ich erzogen war und die mich zum Glück geführt hatten. Allein die Anschauungen, die Ihr verfochtet, waren dieselben, die ich in meinen alten Tagen nicht nur von den meisten jungen Leuten verkünden hörte, sondern auch von älteren, hochangesehenen Schriftstellern und Gelehrten. Selbst die Zeitungen, die ich von jeher als das Sprachrohr guter, wahrer Meinung zu betrachten gewohnt war, schrieben das, was Ihr ausspracht. Da dachte ich denn im stillen: Emil hat recht, Du bist eine alte Glucke. Hier kommst Du nicht mit. Wenn die Allerklügsten sagen, daß es so sein muß und daß es zu einem neuen, weit größeren Glück für die Menschen führt, sind natürlich Deine Ansichten die verkehrten. Und ich mußte ja auch zugeben, daß wir Frauen auf vielen Gebieten ebenso berechtigt waren, mitzureden, wie die Männer. Manche Beispiele hätte ich anführen können. Im Augenblick denke ich namentlich an unsere

Waschfrau, eine wirklich tüchtige, verständige Person, während ihr Mann ein versoffener Taugenichts war. Trotzdem empfand ich keine Freude, als Du, Emil, eines Tages im Triumph zu mir kamst und mir erzähltest, daß ich nun das kommunale Wahlrecht hätte. Während Du mich ausgelassen durch das Zimmer wirbeltest und Ihr beide laut dazu sangt, dachte ich innerlich: ›Gott, wie gleichgültig mir das ist!‹ Ich meine so, und Frau Petersen meint so, Vater meinte so, und Herr Petersen so – es wird jetzt natürlich doppelt so viele Stimmen geben wie früher, aber das Ergebnis wird sicher nicht viel anders sein! Eines Abends ließ ich mich von Franz überreden, einer Wahlversammlung beizuwohnen. Es redeten viele Damen und Herren. Was mir aber auffiel, war, daß selbst die Frauen, die sehr vernünftige Dinge sagten, so sonderbar dürftig wirkten. Es war, als eigneten sie sich infolge ihrer Natur und ihres ganzen Wesens nicht recht zur Autorität. Und ich dachte: Allein durch das schwache Organ, das uns der liebe Gott im Gegensatz zum Mann gegeben hat, hat er uns dazu bestimmt, im Zimmer zu sprechen und nicht auf der Rednerbühne. Und diejenigen von uns, welche die Gabe besitzen, öffentliche Angelegenheiten zu beurteilen und mitzureden, könnten wahrhaftig daheim einen ebenso großen Einfluß auf die Männer ausüben.

Das mag nun sein, wie es will, die Entwicklung geht ihren Gang, ohne mich um Rat zu fragen.

Allein auf einem Gebiet – davon könnt Ihr überzeugt sein – werde ich recht behalten, und daran vermag kein menschliches Gesetz etwas zu ändern: Wir Frauen – sofern wir richtige Frauen sind – werden nie glücklich, wenn wir nicht bis zu einem gewissen Grade vom Manne regiert werden. Ich denke mir, das kommt daher, daß wir diejenigen sind, die die Kinder gebären und auf ganz andere Weise mit den Kindern leben als die Männer. Deshalb hören wir wohl auch unser Leben lang nicht auf, Kinder zu sein. Selbst wenn ein Mann Kinder noch so gern hat, hat er doch nie die Geduld einer Frau, mit ihnen zu spielen, sie zu warten und ihre unaufhörlichen Fragen zu beantworten. Uns ist das so natürlich. Wir können völlig in den Kindern aufgehen. Sie können unser Leben so wundervoll ausfüllen. Wir verstehen den Gedankengang der Kinder in ganz anderer Weise als die Männer.

Und wir bleiben Kinder auch in der Art, uns zu kleiden und uns zu schmücken. Nicht, daß ein Mann keinen Wert auf Kleider legte. Allein wir Frauen, selbst wenn wir nicht putzsüchtig sind, gehen doch unser Leben lang gekleidet wie Kinder und Puppen. Und wenn Ihr entgegnet, daß das etwas ist, was sich ändern ließe, so sage ich: Unsinn! Wir sind nun einmal so geschaffen, daß wir lächerlich würden, wenn wir Männerkleidung trügen. Unser wunderlicher Körper, der zum Kindergebären und Kinderstillen eingerichtet ist, hat es nötig, mit Kleidern herausgeputzt zu werden, die zugleich verhüllen und hervorheben. Könnt Ihr Euch, ohne vor Lachen umzufallen, mich in Emils Hosen vorstellen?

Da wir nun solche Kinder sind und nie anders werden, begeht Ihr Männer ein großes Unrecht an uns, wenn Ihr verlangt, daß wir uns auf eigene Hand helfen sollen, so wie Ihr es könnt.

Das Traurigste, das einer jungen Frau widerfahren kann, ist ein Mann, der sie sich selbst überläßt und immerfort sagt: ›Tu, wie du willst, tu, wie du denkst.‹

Das ist eine Form von Verwöhnung und Liebe, die keine Durchschnittsfrau verträgt, und die sie auf die Dauer zur Verzweiflung bringt. Ich meine nicht, daß ein Mann beständig kommandieren und sie tyrannisieren soll, bis sie ein unterdrücktes Geschöpf und eine willenlose Nachbeterin wird. Aber sie soll seine feste Hand fühlen, eine Hand, die sie stützt und – wenn es nötig ist – im Zaum hält.

Dein Fehler, mein lieber Emil, war vom ersten Tage an – das sehe ich jetzt –, daß Du niemals wagtest, Laura ein zurechtweisendes Wort zu sagen. Und Drin Fehler, liebe Laura, war, daß es Dir Spaß machte, die Macht zu mißbrauchen, die Du über Emil hattest, damals, als Ihr verlobt, und später, als Ihr verheiratet wart.

Jetzt seht Ihr das Resultat. Ein Mann und eine Frau – wie sehr sie einander auch lieben mögen – können nicht in ewigem Karneval leben. Das Leben ist nicht nur Küssen und Liebeln. Von dem Augenblick an, da Ihr des Küssens müde wurdet, wart Ihr eigentlich fertig miteinander. Ihr hattet auch kein Kind, das Lauras Leben ausfüllen und Euch einen festen Halt geben konnte.

Glaubt mir, ich weiß besser Bescheid über Euch, als Ihr vielleicht selbst. Denn Ihr habt – wie die meisten Menschen so gern tun – alles von Euch geschoben, was zur Anklage gegen Euch werden konnte. Ich aber habe in diesen Jahren an nichts anderes gedacht als an Euch. Während ich mich bemühte. Verwandten und Freunden gegenüber zu verbergen und zu beschönigen, habe ich voll Verzweiflung mit angesehen, wie garstig und böse Ihr gegeneinander wurdet, und worin die Ursache zu dem allen lag.

Oder habe ich etwa nicht recht, lieber Emil, daß Du, der es früher liebte, Laura so elegant wie nur möglich zu sehen, in späteren Jahren geradezu ärgerlich und aufgebracht warst, wenn Laura, als das Kind, das sie immer noch war. Dir in einem neuen kostspieligen Kleid entgegenkam? Du sagtest nicht wie einst: ›Wie bezaubernd siehst Du aus!‹, sondern gabst ihr zu verstehen, daß sie klüger getan hätte, diese Ausgabe zu vermeiden. Denn Laura spielte für Dich als Weib keine Rolle mehr. Hätte Laura es jedoch unterlassen, sich neue Kleider zu kaufen, so wäre es Dir ebensowenig recht gewesen, und Du hättest Dich bloß geärgert, daß sie alt und häßlich aussah.

Laura hingegen ging in ihrem neuen Kleide auf ihr Zimmer und weinte gekränkt und erbittert – die arme, verschmähte Puppe, die sie war! Und ganz begreiflicherweise suchte sie am nächsten Tage Ersatz, indem sie ihren Staat von anderen bewundern ließ.

Von dem Augenblick an, da sie für Dich nicht mehr das Kind war, mit dem zu spielen Dich amüsierte, war sie Dir nur eine unerträgliche Last. Alles, was Du einst an ihr reizend gefunden hattest, fiel Dir jetzt auf die Nerven.

Denn, mein lieber Junge, Du hattest keinen Augenblick daran gedacht, Laura zu Deiner Gattin zu erziehen. Du freutest Dich ihrer, so lange sie Dich befriedigte als das schöne junge Geschöpf, das sie war. Als Du damit fertig warst, und zwar sehr bald – denn Ihr dachtet nicht daran, mit Eurer Verliebtheit Maß zu halten – ja, da war überhaupt nichts mehr da. Nichts, was Euch hätte vereinen können, kein Kind, keine gemeinsamen Interessen. Und Laura, die geglaubt hatte, ihr Leben lang so verwöhnt zu werden wie in Eurer Brautzeit und den ersten Jahren Eurer Ehe, dachte, daß ihr bitteres Unrecht geschähe.

Sie hockte in ihrem Winkel und speicherte Haß und Bitterkeit auf. Du hattest Deine Arbeit – was hatte Laura? Früher verlangtest Du nichts von ihr – jetzt stelltest Du innerlich die größten Ansprüche an sie, ohne jemals, so lange es noch Zeit war, sie gelehrt zu haben, wie sie sich verhalten müßte, wenn sie eines Tages nicht mehr nur Dein Spielzeug sein sollte.

Warum haßt Ihr einander jetzt? Das will ich Euch sagen: Weil Ihr einander verbraucht habt und weil Ihr nichts mehr miteinander anzufangen wißt und dennoch aus irgendeinem Grunde – vielleicht aus Rücksicht auf mich – Euch schämt, voneinander zu gehen.

In Gottes Namen: Trennt Euch, wenn Ihr es nicht lernen könnt, einander Menschen zu sein! Es wäre jedenfalls schöner als das sogenannte Zusammenleben, das Ihr jetzt aufrecht erhaltet.

Aber närrisch ist es. Denn an und für sich seid Ihr besser als die meisten. Und Ihr habt einander kein anderes Leid zugefügt, als daß Ihr wahnwitzig verliebt gewesen seid. Jetzt, da Ihr es nicht mehr seid, behandelt Ihr Euch gegenseitig schlimmer als die ärgsten Feinde!

Franz und Regitze haben auf keine so schönen Erinnerungen zurückzublicken wie Ihr. Allein sie haben sich im Laufe der Jahre und durch die Kinder, die glattgekämmten – die nun einmal ihr Stolz sind – zusammengelebt. Während Ihr Euch mehr und mehr auseinandergelebt habt.

Es ist für Dich, Emil, zu spät, zu versuchen, Laura zu erziehen. Ein Mann kann eine Frau erziehen, in die er sehr verliebt ist. Eine Frau läßt sich nur dann von einem Manne erziehen, wenn sie das höchste Glück ihres Lebens darin findet, ihm zu gefallen. Ich glaube, das Traurigste, was ich erlebt habe, ist, daß Eure Ehe in die Brüche ging, ist der Gedanke, daß Ihr nie gemeinsam an mein Grab treten, nie in gemeinsamer Erinnerung an das Glück, das Ihr für einander bedeutet habt und das Eure junge Liebe mir bereitete, mir ein paar Blumen auf den Hügel legen werdet.

Es ist ja Unsinn, daß Ihr einander haßt – ich meine, es ist so völlig sinnlos. Deshalb denke ich, daß es trotz allem noch nicht zu spät ist, wenn Ihr Euch darüber einigt, als gute Freunde zusammen weiterzuleben – allerdings nur dann, wenn keiner von Euch sich in einen andern verliebt hat, was ich übrigens nicht glaube. Jedenfalls ist es kaum etwas anderes gewesen als ein bißchen Flirt, wie in Euren Kreisen gang und gäbe ist.

Meint Ihr jedoch, daß Ihr nicht mehr Freunde werden könnt, dann macht so schnell wie möglich ein Ende. Ihr ahnt nicht, wie qualvoll es für diejenigen ist, die Euch gern haben – geschweige für die, die Euch lieben –, die krankhaften Anstrengungen zu sehen, die Ihr macht, um Eure Niederlage zu verbergen. Wie qualvoll muß es erst für Euch selbst sein. Und wie mögt Ihr Euch schämen! Denn in Wahrheit ist Euer Zorn gegeneinander ja nichts anderes als ein Ausschlag des Schamgefühls.

Eure moderne Zuckerbrotverliebtheit habt Ihr rasch zu Ende geknabbert. Mich dünkt, Ihr seid beide gleich kindisch gewesen. Und nun fühlt Ihr Euch benachteiligt wie Kinder, die darüber streiten, wer von ihnen das Spielzeug zerschlagen hat. Ihr habt nicht einmal den Stoff zu dem, was man in der modernen Sprache eine Abrechnung nennen könnte.

Ich hätte Euch gewiß noch mehr zu sagen. Und das, was ich gesagt habe, ließe sich viel klüger ausdrücken.

Aber ich will Euch freigeben. Kaum weiß ich, ob es mich danach verlangt, das Gespräch zu hören – oder vielleicht werden es viele Gespräche –, das dieser Abschiedsbrief zur Folge haben wird.

Aber ich wünschte so innig, daß Ihr, während Emil Dir, liebe Schwiegertochter, denn das bist Du doch noch, den Brief vorliest, das Gefühl hättet, ich wäre Euch nah. Ich wünschte, daß Ihr, wenn Ihr mit dem Lesen fertig seid, unwillkürlich lächeln möget – ein Lächeln, das aus dem Herzen kommt und an das frohe, aufrichtige Lächeln glücklicher Tage gemahnt, und sagen möget: Sie war gar nicht so dumm. Und wie lieb hat sie uns gehabt!

Und nun lebt wohl, meine Geliebten. Der Herr lenke alles zum Besten für Euch.

Eure alte Mutter.

P.S. Ob es nützen kann, liebe Laura, wenn ich Dich bitte, Emil einen Kuß von mir zu geben?«

3

Ob Mutters Brief Laura und mir zum Glück gereichte? Ich weiß es nicht.

Jetzt, da Laura tot ist und ich allein bin, denke ich wieder und immer wieder darüber nach: wäre es nicht doch besser gewesen – für sie wie für mich – wenn wir unseren Vorsatz, uns nach Mutters Tod scheiden zu lassen, ausgeführt hatten?

Man kann nämlich weder sich selbst noch andere zum Glück kommandieren. An dem Abend, als ich Laura den Brief vorlas, weinten wir beide. Und als ich ihn gelesen hatte, trat sie auf mich zu, verlegen und schamvoll, und küßte mich auf die Wange: »Hier Emil, da hast du den Kuß von deiner Mutter!«

Es entfuhr mir – ich weiß, es war dumm und lieblos, aber ich konnte es nicht unterdrücken: »Nein, Laura, dieser Kuß war kein Kuß von Mutter!«

Da setzte sie sich wieder auf ihren Platz und weinte, aber wir sprachen an diesem Abend nicht mehr viel miteinander.

Wir redeten nie wieder von Scheidung. Wir versuchten gut zueinander zu sein. Wir stritten uns nicht mehr. Jedenfalls lenkten wir hastig ab, wenn ein Unwetter in der Luft lag.

Wir lebten zusammen ohne die Spur eines wirklichen Zusammenlebens.

Oft dachte ich: Wenn ich nun zu Laura hinginge, sie auf den Schoß nähme wie in alten Tagen, lachte und sagte, daß all das Häßliche und Böse zwischen uns vergessen sein sollte und wir wieder gut und reizend zueinander sein wollten wie einst.

Aber ich konnte es nicht. In meinem Ohr tönten Mutters mahnende Worte, und ich fühlte, es wäre unecht und erkünstelt, wenn ich jetzt versuchte, von vorn zu beginnen. Ich war ja kein bißchen mehr in Laura verliebt. Was um des Himmels willen sollte ich tun, wenn sich herausstellte, daß in ihr wirklich noch Reste der alten Liebe lebten und sie meine Zärtlichkeit und Güte für etwas ganz anderes hielt, als sie in Wirklichkeit waren?

Laura war noch immer schön, bis vor einem Jahr die Unterleibskrankheit einsetzte, die eine Operation nötig machte und mit dem Tode endigte. Aber sie war nicht mehr das strahlende, junge Kind, in das ich mich vor zwanzig Jahren verliebt hatte.

Ob ich ihr untreu war? Ja, das war ich – rein physisch. Ich war ja kein alter Mann. Aber ich war es mit Widerwillen.

Ob sie mir untreu war? Ich hätte kein Recht gehabt, ihr deshalb Vorwürfe zu machen. Aber sie war es wohl nie. Daß ich unter ihren Briefen nichts fand, was darauf schließen ließ, beweist nichts. Kompromittierende Briefe konnte sie verbrannt haben. Aber ich halte mich daran, daß sie in den letzten Jahren gleichsam erloschen war. Es strahlte keine Freude von ihr aus. Selbst in Gesellschaft, wenn sie sich anscheinend amüsierte und ihr der Hof gemacht wurde, war sie so wunderlich geistesabwesend. Es war, als müßte sie ihre Munterkeit erst von weither holen.

Als sie von einem Kollegen, der ein berühmter Chirurg und ein alter Freund von mir war, operiert wurde, bat sie unaufhörlich um Morphium. Und da wir sahen, wie es um sie stand, hatten wir nur den einen Wunsch, ihre Schmerzen zu stillen und ihr das Sterben so leicht wie möglich zu machen.

Wenn sie dann im Morphiumrausch lag, konnte sich ein glücklicher Schimmer der ehemaligen Jugend und Schönheit über sie breiten. Und wenn ich bei ihr saß, lächelte sie wie in alten Tagen, drückte meine Hand an ihre Brust und flüsterte halb im Traum: »Wie glücklich sind wir doch gewesen!«

Nun ruht sie neben meiner Mutter. Anfangs ging ich jeden Sonntag zu den Gräbern hinaus.

In dem letzten halben Jahr habe ich es unterlassen. Ich bin erst fünfundvierzig Jahre alt. Bin ich nicht zu jung, um zwischen Gräbern zu gehen?

Der Brief, der nicht geöffnet wurde

1

Frau Ellinor Weber, die Gattin des bekannten Architekten Rudolf Weber, und Hermann Walter, Direktor einer großen industriellen Gesellschaft, hatten seit einigen Monaten ein Liebesverhältnis miteinander.

Ein reiner Zufall hatte sie zusammengeführt. Und wählend es für ihn, den erfahrenen Lebemann, nur ein kleines Erlebnis unter vielen anderen war, wurde es für sie das große entscheidende Ereignis.

Sie war nämlich bis dahin ihrem Mann treu gewesen. Und obgleich sie in einem Kreis gelebt hatte, wo die jungen Frauen nicht allzu peinlich monogam waren, obgleich sie ohne Entrüstung das Bekenntnis verschiedener ihrer Umgangsfreundinnen entgegengenommen, ja, ihnen sogar hin und wieder geholfen hatte, kleine Lügengeschichten zu arrangieren, um ein Stelldichein zu verdecken – hatte sie selbst dieser Art Leichtfertigkeit stets völlig ferngestanden.

Und im Grunde ihres Herzens verachtete sie die anderen. Sie ließ sich ihr Vertrauen schenken; sie hörte ihnen mit einer fernen und kühl lächelnden Nachsicht zu und half ihnen, ohne den Versuch, zu moralisieren. In ihrem Kreise nannte man sie Beichtmutter. Sie besaß die stille Fähigkeit, Zutrauen abzuzwingen – sie wirkte mit ihren abstandnehmenden, kalten Augen und ihrer verschleierten, ruhigen Stimme anziehend, während man sie gleichzeitig eigentlich nicht leiden konnte.

Oft sprach man untereinander darüber, wie Ellinor wohl in Wirklichkeit sei. War sie so kaltblütig und abgeklärt, wie sie schien? Und wie war das Verhältnis zwischen ihr und ihrem Mann?

Daß er kein Tugendbold war, davon hatten mehrere der Damen handgreifliche Beweise. Aber auch er war nicht leicht zu fangen. Er konnte an einem lustigen Abend in verborgenen Ecken ausgelassen und kühn sein. Er konnte auch, ganz offenkundig, selbst wenn seine Frau es sah, mit einer jungen Dame leichtfertig sein. Im nächsten Augenblick aber war er wieder glatt und korrekt. Entglitt. Zog sich in seinen gut»gebauten« Frack wie in ein Gefieder von bürgerlicher

Korrektheit zurück. Dann war es, als ob er und sie für die anderen entschwanden, zusammen in ein geheimnisvolles Dunkel glitten.

»Sie sind wie ein Aal-Pärchen,« sagte einmal ein humoristischer Dichter. »Es würde mich nicht wundern, wenn sie des Nachts ganz still zu fernen Meerestiefen schwimmen und sich fortpflanzen.«

2

Die Wahrheit über Frau Ellinor und ihren Mann war, daß sie nicht mehr miteinander lebten. Es war ihnen gegangen wie so vielen anderen, die aus wirklich romantischer Verliebtheit heiraten. Sie hatten versucht, den Himmel zu stürmen, die überirdische Seligkeit in ihrer Umarmung zu finden. Und eine kurze Zeit hatte er sich wirklich in das große und seltene Glück hineinphantasiert. Der Himmelflug aber hatte mit einem jähen Absturz geendet, als sie ihn plötzlich eines Abends mit kühlen, müden Augen um die Erlaubnis bat, sich ihr eigenes Schlafzimmer einzurichten.

»Mein lieber Freund,« sagte sie, »ich möchte dir ungern weh tun. Aber was hilft es? Ich kann es nicht mehr aushalten, in dieser Komödie mitzuspielen.«

Vollkommen erstarrt sagte er: »Was meinst du? Komödie?« Da brach sie in wildes Weinen aus und schrie: »Du hast recht. Nenne es Tragödie!

Ja,« fuhr sie fort. »Auch ich habe einst von dem Herrlichsten in der Welt geträumt. Ich wollte mich so ganz und gar geben, ich dachte ja nur daran, dich zu erfreuen und dir zu Gefallen zu sein. Aber ich halte es nicht mehr aus. Ich werfe dir nichts vor. Es ist vielleicht auch meine Schuld. Ich bin gewiß nicht wie andere Frauen. Aber – nicht wahr? – wenn es mir jetzt nur widerlich ist... nein, nein, werde nicht böse! So meine ich es ja nicht – denn widerlich ist es natürlich nicht. Aber siehst du: es ist so ganz anders, als ich geträumt hatte. Und ich kann nicht – ich kann nicht mehr so tun, als ob auch ich glücklich bin.«

Er blickte sie so kalt feindlich an, daß sie in Verzweiflung zusammensank.

»So darfst du es nicht auffassen – mein Gott, ich sage es ja nicht, um schlecht gegen dich zu sein. Abend für Abend habe ich gebetet, so zu werden, wie du mich haben willst. Aber ich kann nicht! Jage mich aus deinem Haus, wenn du meinst, daß ich es verdiene! Aber sieh mich nicht mit solchen Augen an! Denk' doch auch ein wenig an das, was ich gelitten habe, während ich dir und mir einzubilden versuchte, daß ich glücklich sei.«

In Tränen aufgelöst lag sie auf dem Sofa, während er wie der strenge Gottesrichter vor ihr stand.

Und weil er nicht ganz dumm und verstockt war, wurde er plötzlich von Mitleid ergriffen. Warum sollte sie eigentlich heucheln?

Gleichzeitig aber war er tief verletzt in seinem Männerstolz. Er stand doch sonst in dem Ruf, ein Weib beglücken zu können. Und jetzt sollte just die Frau, der er die größte Ehre erwiesen hatte, ihn verhöhnen.

Er wählte die dümmste Antwort, die ein Mann in solchem Fall geben kann.

Er schlug einen nachsichtigen Ton an und sagte:»Du begreifst wohl, daß mir dies ganz überraschend kommt. Ich glaubte, du seist ebenso glücklich wie ich. Es ist also eine schmerzliche Enttäuschung. Und selbstverständlich will ich dich nicht zwingen. Obgleich ich – was ich ohne Scham zugestehe – deinen Besitz genossen habe, werde ich verzichten. Von jetzt an wollen wir als gute Freunde zusammenleben.«

Es schrie in ihr vor Wut, als sie diese törichten Männerworte hörte. Gerade das Entgegengesetzte hatte sie gehofft. Sie hatte gedacht: Wird er mich totschlagen? (und das erschien ihr nicht so schlimm). Im tiefsten Innern aber hatte sie gesteht, er möchte sie in seine Arme nehmen und sagen:»Mein süßes Kind, sei nicht böse, daß ich mich dumm und ungeschickt benommen habe! Aber – nicht wahr? – eine Frau braucht sich vor ihrem Mann nicht zu schämen. Flüstere mir also ins Ohr, während ich deine bebende Hand küsse, was ich nicht verstanden habe; flüstere mir deine Sehnsucht und deine Träume zu! Und, Kindchen, ich will ja alles tun, was auch für dich süß und herrlich ist.«

Er sprach als der geradlinige und beherrschte Mann, der er war, wohlwollend verstehend, selbst in seiner Gekränktheit.

Und sie erstarrte unter seinen netten Worten, erhob sich steif und tränenlos vom Sofa und sagte:

»Danke, mein Freund. Heute nacht werde ich also hier im Wohnzimmer schlafen. Und morgen richte ich mir mein Ankleidezimmer als Schlafstube ein. Das wird auch für dich bequemer sein. Dann brauchst du nicht zu warten, bis ich erwacht bin, und kannst gleich nach den Zeitungen klingeln.«

3

Drei Jahre waren nach diesem Gespräch vergangen, als Frau Ellinor und Hermann Walter sich kennen lernten. Und diese drei Jahre hatten nichts an dem Verhältnis zwischen Ellinor und ihrem Mann geändert. Beide bewahrten in ihrem Herzen eine ewig schmerzende Wunde. Rechtschaffen, wie sie waren, versuchte jeder den andern zu entschuldigen. Da sie aber beide schroff und selbstgerecht waren, fiel es keinem ein, eine Annäherung zu suchen. Das fanden sie unter ihrer Würde. Was sie betraf, kam dazu, daß sie, wenn sie auch oft in einsamen Stunden von Sehnsucht nach Zärtlichkeit befallen wurde, stets mit Schrecken und Abscheu an die ersten Monate ihrer Ehe zurückdachte. Sie hatte mit keinem anderen Manne ein Verhältnis gehabt. Wie sollte sie sich da erklären, was für sie enttäuschend gewesen war? Am Ende war sie es gewiß, die nicht wie andere Frauen war.

Dieser Glaube wurde nach und nach in ihr bestärkt, je mehr Einblick sie in das Leben ihrer sogenannten Freundinnen bekam. Für die war Erotik ein süßer Zeitvertreib. Zum Nachmittagstee bei diesem, zu einem abendlichen Glas Champagner bei jenem. Beides mit Näschereien und Tändelei und Küssen und Kosen nach dem Vorbilde berühmter Laster, ebenso unfanatisch wie die Nachahmungen exotischer Unsittlichkeiten, die auf Familienbällen getanzt werden. In Wirklichkeit setzten diese Damen in der Ehe ihr Leben als Jungfräulein fort. Nur mit dem Unterschied, daß es sie jetzt belustigte, ihre Männer zu betrügen, während sie in ihrem ledigen Stand ihre Eltern betrogen hatten. Das eine war nicht weniger harmlos als das andere. Beides war gleich lumpig.

Frau Ellinor saß da mit ihren kühlen Augen, auf deren klare, ruhige Oberfläche nie befriedigte Sehnsucht trübe Schatten warf, und beobachtete. Ihre Freunde und Bekannten fanden sie geradezu unheimlich tugendhaft. Sie ihrerseits fand die anderen lächerlich genügsam. Sie urteilte nicht allein nach ihren eigenen spärlichen Erfahrungen, sondern auch nach den Bekenntnissen der anderen. Denn nie hatten ihre Beichtkinder die große Sünde oder das große Glück auch nur angedeutet. Alles war kleinliche Tändelei.

Wie war dies nur plötzlich mit ihr gekommen? Wie war sie, die Ruhige, die ironisch Beherrschte, plötzlich in den großen Wirbel hineingerissen worden?

4

Zunächst haßte sie Hermann Walter, obgleich sie ihn nicht kannte. Die meisten ihrer Freundinnen schwärmten für ihn, von einigen wußte sie, daß sie ein Verhältnis mit ihm gehabt hatten. Er verkörperte eben das, was sie instinktiv verabscheute. Er war für sie der Inbegriff dessen, was sie die Leichtfertigkeit der Zeit nannte.

Und gerade er wurde ihr Schicksal.

Die ersten Worte, die Walter zu ihr sagte, als er, ziemlich spät am Abend, in dem Trubel eines großen Festes einen Augenblick mit ihr allein blieb, waren: »Ich kann Ihnen ansehen, daß dies Treiben Sie nicht amüsiert.« Und lächelnd fügte er hinzu, während sie etwas verwirrt nach einer Antwort suchte: »Hier passen die nicht her, die über das Dasein grübeln. Hier sind nur die die richtigen Gäste, die dem Leben seinen Gang lassen.«

Jetzt fand sie eine Antwort, und abstandnehmend, und doch ein wenig neugierig, sagte sie: »Was wissen Sie von mir?«

Er antwortete: »Verzeihen Sie. Ich wollte nicht indiskret sein. Ich werde nichts weiter sagen.«

Er nahm ihre Hand, beugte sich herab und berührte sie leicht und ehrerbietig mit den Lippen: »Auf Wiedersehen, gnädige Frau.«

Sie ließ wie selbstvergessen ihre Hand in der seinen, während sie etwas atemlos sagte: »Lassen Sie mich hören, was Sie sagen wollten! Es interessiert mich, und ich werde nicht beleidigt sein.«

»Es ist auch weiß Gott kein Grund zum Beleidigtsein,« antwortete er und ließ langsam ihre Hand los. Und indem er seine Stimme ganz unfeierlich schlicht machte, fuhr er fort:»Man bekommt Lust, gut gegen Sie zu sein ... ich meine, bis man vielleicht entdeckt, daß Sie jemand nötig haben, der streng gegen Sie ist.«

»Ich weiß nicht, ob ich Sie verstehe ... Aber es klang jedenfalls nicht so schlimm,« fügte sie hinzu und errötete.

»So schlimm?«

»Ja, ich war auf etwas viel Schlimmeres gefaßt – bei *Ihnen* .«

Er war jetzt bereits so vertieft in seine Lust zum Experimentieren, daß er, obgleich er sich instinktiv gewarnt fühlte, unwillkürlich weitergehen mußte.

Sein Gesicht wurde ernst.

»Ich weiß nicht, was Ihnen das Recht gibt, ein tölpelhaftes Auftreten von mir zu erwarten.«

»Gott, können Sie denn keinen Spaß verstehen?«

»Auf gewissen Gebieten, nein. Es ist möglich, daß ich oft sogenannte kühne Dinge zu Damen sage. Aber ich finde es erbärmlich, wenn diese Damen sich hinterher beklagen. Zum Teufel, warum hört eine Dame auf Dinge, die sie ärgern? Habe ich nicht recht?«

Er lächelte wieder und fuhr fort:»Verzeihen Sie, wenn ich heftig wurde. Ich bin wahrhaftig kein Tugendbold und möchte es auch gar nicht sein. Aber ich hasse Heuchelei. Und all diese kleinen Frauen und Fräulein sind so verlogen, daß sie ...«

Sie lachte plötzlich und wurde ganz mädchenhaft hübsch in ihrer Ausgelassenheit:»Daß sie ... was?«

»Daß sie also...« Auch er lachte. Und machte eine bezeichnende Bewegung mit der Hand.

»Aber die Männer tragen doch die Schuld« – sie war wieder ernst –,»denn die Männer erziehen die Frauen. Die Frauen werden so, wie die Männer sie haben wollen.«

»Vielleicht haben Sie recht,« antwortete er,»aber dann müssen beide Teile sehr verliebt sein.«

»Ich muß jetzt gehen,« brach sie ab. »Aber« – es kam nach dem Bruchteil einer Pause – »ich möchte wohl einmal weiter mit Ihnen plaudern.«

»Sie sind stets willkommen.«

Sie sah ihn einen Augenblick etwas unsicher und überrumpelt an. Dann reichte sie ihm entschlossen und kameradschaftlich die Hand: »Also auf Wiedersehen. Und seien Sie nicht zu streng gegen mich in Ihren Gedanken, wenn ich auch dies oder jenes gesagt habe, was Ihrer Meinung nach verdiente ... na ja ... also ...«

Sie lachte, wurde wieder rot und verwirrt und eilte fort. Während sie sich einen Weg durch die überfüllten Räume bahnte, jubelte es in ihr von einem lang entbehrten Glücksgefühl. Es war, als ob sie etwas erlebt habe. Und als sie schließlich den Tisch fand, wo ihr Mann und ihr Kreis sie erwartete, war sie so heiter und gesprächig, daß alle sich wunderten.

Er aber ging schnell nach Hause. Es amüsierte ihn gewissermaßen, daß es ihm geglückt war, auch sie ins Gleiten zu bringen. Aber etwas gab ihm bange Ahnungen ein, daß der Flirt dieses Abends nicht so scherzhaft verlaufen werde, wie dergleichen kleine Erlebnisse sonst. Und er fragte sich selbst: Warum habe ich es eigentlich getan?

Sein erster Eindruck von ihr stimmte ganz mit der Beschreibung überein, die gemeinsame Bekannte von ihr gegeben hatten: daß sie, obgleich sie keineswegs häßlich war, jeder Anmut entbehrte; daß ihre Schlankheit hart und eckig und ihr ganzes Wesen so seltsam »unverheiratet«, fast altjüngferlich sei.

Dann aber erinnerte er sich ihres Errötens, das plötzlich ihren etwas grauen Teint jungfräulich frisch gemacht hatte; erinnerte sich vor allen Dingen ihres kurzen, keck übermütigen Lachens...

Das Rätsel in ihr reizte und ängstigte ihn.

5

Fünf, sechs Tage darauf bekam er mit der ersten Morgenpost einen Brief. Mit hübscher, steiler Schrift auf affektiertem, gelbem Papier. Der Brief war ganz kurz gefaßt und ohne Unterschrift:

»Zufolge unserer Verabredung von neulich werde ich morgen abend um acht Uhr kommen. Ich läute nicht. Aber ich bin pünktlich. Wenn die Tür verschlossen ist, gehe ich gleich wieder fort. Ich bin darauf vorbereitet, daß Sie mich nicht empfangen können. Aber ich wäre froh, wenn ich die Tür offen fände. Viel froher, als Sie ahnen. Ich haßte Sie bis neulich. Und jetzt ... jetzt glaube ich, daß ich Sie leiden mag.«

Zufällig hatte er nichts vor. Er hatte sich darauf gefreut, einen Abend für sich zu haben. Jetzt brachte ihr Brief Unruhe in sein Gemüt. Im Laufe des Tages beschloß er abwechselnd, sie zu empfangen und die Tür verschlossen sein zu lassen.

Etwas Neugier und mindestens ebensoviel Mitleid – denn er dachte sich an ihre Stelle: wie demütigend es sein würde, die Tür verschlossen zu finden, durch die man Einlaß begehrt – entschieden die Sache. Er fand, daß er sie jedenfalls diesen einen Abend empfangen müsse.

Und sie kam. Und keiner von ihnen konnte den Ton finden.

Er hatte beschlossen, ganz ungezwungen heiter und kameradschaftlich zu sein, das Ganze als eine völlig natürliche und alltägliche Sache zu nehmen: Was war denn auch Merkwürdiges dabei, daß sie ihn besuchte? Bei ihrem kurzen Gespräch neulich hatten sie entdeckt, daß sie Voraussetzungen besaßen, sich zu verstehen und gute Freunde zu werden. Der Freundschaftston wars, der angeschlagen werden mußte. Anfangs keinesfalls mehr. Natürlich mit dem kleinen Unterstrom von Erotik, den Freundschaft zwischen Mann und Frau bedingt. Er wollte klug und vorsichtig sein. Sich zu Verständnis vorwärts tasten. Und dann – ja dann ...! Nun, man würde ja sehen, *wer* sie eigentlich war, und *was* sie wollte.

Er machte es ihr bequem, bot ihr Zigaretten und Wein an. Begann eine scherzhafte Unterhaltung über das Fest neulich. Fragte sie aus, wie es verlaufen sei; mit wem sie später noch zusammen gewesen; wie lange sie geblieben sei und so weiter.

Sie hatte sich der Situation wie mechanisch angepaßt. Hatte sich von ihm beim Ablegen helfen lassen, hatte sich in den Stuhl gesetzt, den er ihr hinschob, eine Zigarette angezündet und vom Wein genippt, als er ihr zutrank. Alles aber so seltsam geistesabwesend.

Und sie antwortete nur mit den notwendigsten Worten, während ihr Blick gleichzeitig in den Zimmern suchte, wie um etwas zu finden, was ihr Halt geben konnte.

Plötzlich fragte sie:

»Warum sind Sie so früh fortgegangen?«

Da beging er – was ihm im selben Augenblick klar wurde – eine Dummheit, denn in seiner unglückseligen, sportlichen Vogelfänger-leidenschaft ließ er sich das banale Kompliment entschlüpfen:

»Ich finde, man muß ein Fest verlassen, wenn einem etwas Festliches begegnet ist, und wenn man weiß, daß das, was nachher kommt, die Stimmung nur zerstören kann.«

Etwas Wahres war ja daran. Nur gab er seinem kleinen Erlebnis ihr gegenüber einen viel zu hochtrabenden Ausdruck. Viele Damen würden seine Worte so spielerisch und sentimental leichtsinnig aufgefaßt und erwidert haben, wie sie gemeint waren.

Frau Ellinor streckte wie abwehrend ihre Hand aus. Unwillkürlich nahm er sie und küßte sie. Sie machte einen schwachen Versuch, sie zurückzuziehen, ließ sie ihm aber doch. Er folgte ihrem Ruf und lag kniend vor ihr, den Arm, den er frei hatte, um ihre Hüfte. Sie sank in den Stuhl zurück, und erst jetzt, als er sich vorbeugte, um ihren Mund zu küssen, sah er, daß sie ganz weiß im Gesicht war und daß ihre Augen in einem todesbangen Verblassen erloschen.

»Aber Kind!« sagte er erschrocken. Und außerstande, in der Eile die richtigen Worte zu finden, und in dem Gefühl, daß es die erste Pflicht sei, zu beruhigen und gut zu sein, fuhr er fort: »Ich will dir ja nichts Böses tun.«

Als sie das liebevolle und vertrauliche Du hörte, ging es wie ein warmer Schauer von Wonne durch ihr armseliges Herz, eine heiße Röte färbte ihr Gesicht, und mit Augen, die von junger, glücklicher Verheißung strahlten, flüsterte sie, während sie sich widerstandslos von ihm liebkosen ließ: »Du meintest es wirklich so? Es ist also wahr?«

Er fühlte, daß die Schlacht verloren war. Und in ohnmächtigem Zorn gegen sich selbst und gegen sie nahm er sich, weil er keinen anderen Ausweg fand, sein brutales Männerrecht. Jetzt war ja alles andere gleichgültig. Und sie ging auf alles ein, träumte sich in eine große, wahnsinnige Leidenschaft hinein.

Und als er dann vor ihr lag und zu lächeln versuchte, während sein Gehirn in ohnmächtiger Müdigkeit erstarrt war, hätte sie dankbar den Tod aus seiner schonungslosen Hand entgegengenommen.

6

Als sie das nächstemal zu ihm kam, hatte er sich einen neuen Schlachtplan zurechtgelegt.

Er wollte prüfen, ob sie nicht doch wie so viele andere sei. Von vornherein verdorben – durch die eigene Phantasie oder durch Belehrung verständnisvoller Liebespädagogen.

Sie hörte ohne Ärgernis auf alles, was er sagte – selbst das Naturverachtendste. Aber es gab ihr keine Freude. Es weckte keine Erinnerung und keine Lust, es nachzuahmen. Sie wußte nur eines: daß sie sich ihm mit Leib und Seele ergeben hatte.

Wie in den dazwischenliegenden Tagen und Nächten dachte sie auch jetzt nur an den wundersamen Augenblick, da er sie genommen hatte. Sie hatte nie geglaubt, daß Männeraugen so gebieterisch zwischen Zärtlichkeit und Grausamkeit wechseln könnten; sie hatte sich nie träumen lassen, daß die Hand eines Mannes so weich und zart liebkosen konnte, um plötzlich ganz rücksichtslos und brutal zu sein.

Wie leere Laute gingen seine Worte über sie hin. Sie saß nur und lächelte. Und als er, müde und etwas gereizt über dies Lächeln und Schweigen kurz abbrach und fragte:»Warum sagst du nichts? Verstehst du, was ich gesagt habe?«, antwortete sie ganz still:

»Meinetwegen kannst du mit mir machen, was du willst. Denn ich bin ja jetzt dein.«

Er halte auf den Lippen zu sagen:»Ich bin aber, zum Teufel, nicht dein« ... Doch er unterdrückte es und sagte sanft:»Du bist sehr lieb, Ellinor. Aber ich habe es mir ernstlich überlegt, bevor du heute abend kamst – und ich glaube, ich habe recht: wir beide können sehr gute Freunde werden. Aber erotisch passen wir nicht zueinander. Ich bin viel zu alt und verdorben für dich.«

War es Dummheit oder Schlauheit oder nur törichte Verliebtheit, wenn sie antwortete:»Denk' gar nicht an mich! Ich liebe dich, so wie du bist ...«?

Er dachte, und er fühlte sich vollkommen hilflos: Ich muß es also rund heraus sagen.

Er rückte seinen Stuhl dicht an den ihren, nahm ihre Hand und sagte:

»Sei vernünftig, Ellinor. Du hast deinen Mann gern. Und du bist nicht wie die anderen. Du bist nicht leichtfertig und wirst ihn nicht leichten Herzens betrügen können.«

»Nein,« sagte sie,»ich will ihm heut abend auch alles erzählen.«

Da war er allen Ernstes wie gelähmt. Jetzt war dies törichte Spiel also unbarmherzig zur Tragödie geworden. Dort saß *sie* , die ihm nicht das Allergeringste bedeutete, und glaubte sich nicht nur berechtigt, sondern sogar verpflichtet, Schicksal für ihn zu spielen. Ein tiefer Haß ergriff ihn. Aber er wagte ihn nicht zu zeigen. Und um dem Schlimmsten zu entgehen, griff er nach dem Nächstschlimmsten. Er sagte ernst und eindringlich:

»Was zwischen dir und mir geschehen ist, ist unsere gemeinsame Sache. Und so wenig ich das Recht habe, etwas davon auszuplaudern, hast du das Recht, deinem Mann etwas zu erzählen. *Wenn*du wünschst, daß wir uns ferner treffen sollen, verlange ich unverbrüchliches Schweigen von dir.«

Sie blickte ihn mit wild flackernden Augen an, dann erlosch der Blick, und mit einem bösen Lächeln, das die Mundwinkel schiefzog, fragte sie, und ihre Stimme war wie Eissplitter:

»Hast du Angst?«

Im selben Augenblick hatte er sie geschlagen. Er hörte den Laut von dem Schlag seiner flachen Hand auf ihrem Gesicht. Es war eine Raserei, die sich auslösen mußte, und er empfand es als eine Befreiung. Unmittelbar darauf folgte die Beschämung. Als sie sein Gehirn aber noch kaum gestreift hatte, übertäubte der Siegesjubel alles andere; denn vor ihm lag Frau Ellinor mit entsetzten, anbetenden Augen, die Hände demütig bittend zu ihm erhoben:

»Ja, ja – tu mit mir, was du willst!«

7

Sie begehrte nichts anderes und besseres, als ihm zu gehorchen.

Er aber war ihr gegenüber völlig nüchtern.

Ihr Körper gab ihm keine Freude. Oder wurde sie freudlos für ihn, weil der Haß, sich von ihr vergewaltigt zu fühlen, seine Männersinne zerstörte?

Einen Monat oder zwei führte er die Sache weiter, mit einer Heuchelei, die ihm herzlich zuwider war.

Er versuchte sich selbst einzubilden, daß er sie leiden mochte. Sie sei – sagte er sich selbst – klug und witzig. Sie konnten so hübsch zusammen plaudern. Sowohl im Ernst wie im Scherz. Das schlimme aber war, daß er sich in ihrer Gesellschaft nie sicher fühlte. Denn er wußte, daß sie stets auf seine Liebkosungen lauerte.

Er belog sie und setzte sich in ihren Augen herab.

Er redete sich in die verrücktesten Theorien über die Verfeinerung des Geschlechtslebens hinein. Und sie bemühte sich brav, ihm zu folgen und an ihn zu glauben.

Eines schönen Tages aber konnte er auch das nicht mehr.

Er saß und redete krampfhaft drauf los. Sprang von einem Thema zum anderen, nur in dem Gedanken, die zwei, drei Stunden hinzubringen, ohne erotische Ansprüche von ihrer Seite.

Er hielt lange Vorträge darüber, wie viel wertvoller es sei, in einem Freundschaftsverhältnis zu einer Frau zu stehen, als sie körperlich zu besitzen.

8

Es schien, seine Taktik hatte Erfolg.

Er fühlte sich bereits frei.

Da plötzlich eines Abends sagte sie:

»Ich habe meinem Mann erzählt, daß ich dich kennen gelernt habe. In einem Café. Wenn du nun in den nächsten Tagen eine Einladung zu uns erhältst, kommst du, nicht wahr? Du mußt mir versprechen, nicht abzusagen. Wie du unser Verhältnis ansiehst, kann es dir ja nicht unangenehm sein, auch mit meinem Manne zu verkehren.«

Er fühlte sich wie von einer kalten, schleimigen Erbärmlichkeit überzogen, als er antwortete:»Natürlich komme ich, wenn du Wert darauf legst.«

Und auf das erste Gefühl von instinktivem Widerwillen folgte ein fast heiterer Lichtstreif: Jetzt fange ich sie in ihrer eigenen Falle.

Gleich darauf kam eine übermütig glucksende Woge: Wenn Ellinors Mann und ich Freunde werden, muß es mit der Courmacherei vorbei sein. Keine Entweihung der Freundschaft!

Er wurde so lebhaft und lustig, daß der Abend wie ein Fest verging. Fast war er drauf und dran, zu liebevoll gegen sie zu werden. Sie meinte ihn bereits zu haben, lag vor ihm, das Gesicht in seinem Schoß. Und ihm wurde warm, als er ihren Körper so nahe fühlte, ihren Atem spürte, von ihren bittenden Händen geliebkost wurde.

Plötzlich riß er sich los.

»Nein,« sagte er hart und kalt.»Wir wollen nur gute Freunde sein. Steh auf, Ellinor! Und setz' dich hübsch dort auf den Stuhl!«

Als er aber sah, daß ihr Körper wie von einem Fieberschauer durchzittert wurde und daß ihre Augen sich in hervorbrechendem Weinen verdunkelten, während sie ihre Hände an seinem Körper herabgleiten ließ und wie eine tote Masse zusammensank, da brachte er es nicht übers Herz, sich zu verhärten, und fuhr töricht fort, indem er ihr sanft und liebevoll über das zerzauste Haar und die feuchte Wange strich:

»Es nützt ja nichts, Kind, du verstehst ja doch nicht, was ich will.«

Da sprang sie auf, weiß im Gesicht und mit haßerfüllten Augen: »Du lügst! Du lügst! Und du weißt es. Was versteh ich nicht? Was ist es, was du willst, und was ich nicht will?«

Er wurde plötzlich ruhig und überlegen und sagte:

»Ob ein Mann und ein Weib erotisch zusammenpassen, beruht nicht auf einem vernunftmäßigen Einverständnis, sondern auf einem verwandten musikalischen Instinkt. Über Liebe kann man sich nicht auf dem Verstandesweg einigen. Ein kleines, ganz dummes Mädchen kann – ohne eine Silbe von sich selbst oder mir zu verstehen – die erotischen Töne haben, die auf meinen Ruf antworten. Oder ich antworte auf ihren Ruf. Wir diskutieren die Sache nicht. Von dem Augenblick, wo ihre Hand in der meinen geruht hat, von dem Augenblick, wo ich durch die Berührung mit ihr die Musik ihres Pulsschlages gespürt habe, ist sie mein. Sie denkt nicht darüber nach, und auch ich werde nicht tiefsinnig; es ist nun einmal so. Nie die heilige Jungfrau von einer Macht überstrahlt wurde, die sie sich nicht erklären und gegen die sie nicht ankämpfen konnte, so stelle ich mir vor, findet jede Verbindung, unter irdischeren Formen, zwischen Mann und Weib statt. Verstehst du, was ich meine? Oder bist du anderer Ansicht?«

Ihr Gesicht ruhte nun wieder in seinem Schoß, er spürte die Wärme ihres Atems, sie lag ganz still und weinte kläglich wie ein Kind. Er wollte ihr kein Leid antun. Und schließlich war er ja ein Mann.

Sie antwortete nicht, lag nur und weinte und füllte ihn mit ihrer Lebenswärme. Und der Augenblick kam, wo er aufhörte, klar zu denken und nur ein Mann wurde. Schmerzlich und ganz sinnlos nahm er sie.

Und hinterher fand er, daß er doppelt zart und rücksichtsvoll sein mußte, um sie nicht merken zu lassen, daß sie etwas Herabwürdigendes getan hatte.

9

Hermann Walter und ihr Mann wurden Freunde.

Für sie war es eigentlich eine Qual, die sie sich nicht recht erklären konnte. Unaufhörlich hörte sie entweder den Mann den Liebhaber loben, oder umgekehrt.

Und das Verschrobene war ja, daß der Mann ebenso wenig Mann, wie der Liebhaber für sie Liebhaber war.

Jetzt, wo Hermann Walter offiziell bei ihnen verkehrte, war es viel schwieriger, sich allein zu treffen.

Er schob außerdem immer seine Freundschaft mit ihrem Mann vor, wenn er unvorsichtige und zufällige Begegnungen abschlug, die leicht entdeckt und beklatscht werden konnten.

Insofern hatte er nur Grund, zufrieden zu sein. Hin und wieder aber fragte er sich selbst: Beruht diese Freundschaft mit Weber auf freier Wahl? Gewiß, er ist mir in vieler Beziehung sympathisch. *Aber:*würde ich mit ihm verkehren – noch dazu so intim –, wenn ich nicht diese dumme Geschichte mit seiner Frau bemänteln wollte?

Und oft, wenn er mit Weber zusammen war, anscheinend sehr gemütlich und fidel, während Frau Ellinor klöppelnd und eifrig lauschend dabei saß, wurde er von Ekel vor dieser Freundschaft ergriffen, und von Haß gegen sie, die sie ihm aufgezwungen hatte.

10

Tag für Tag, Abend für Abend, bis in die späte Nacht, wenn sie schließlich müde vom Weinen, schwer im Gehirn vom Grübeln, in einen gnadenreichen, traumlosen Schlaf versank, wirbelten dieselben, beständig dieselben Gedanken durch ihren Kopf.

Warum bin ich anders als die andern?

Mein Mann begehrte mich und wähnte sich und mich glücklich. Ich zerschlug die Illusion und machte mich einsam.

Jetzt begehre ich einen anderen Mann. Was er mir gibt, sind lumpige Almosen, die mir hingeworfen werden. Ich weiß es. Dennoch krieche ich vor ihm wie ein Hund. Sogar seine Verachtung ist mir ein Genuß.

Bin ich denn elender als selbst die Geringste der anderen?

Mein Mann würde mir gedankt und mich gesegnet haben, wenn ich ihm nur einmal gesagt hätte, daß er mir das große Glück gäbe. Seine Liebe ließ mich nicht nur kalt, sondern füllte mich mit Haß.

Mein Geliebter – Gott, mein Geliebter? Ich bin meinem Mann untreu mit einem Mann, dessen Geliebte ich nicht einmal bin. Nun, er also – wenn er seine Hand nur müde über mein Haar gleiten läßt –

macht mich so demütig dankbar, daß ich diese Hand mit Küssen bedecke und ebenso dankbar sein würde, wenn sie mich einer Mißhandlung würdigte.

11

Eines Tages sagte sie es ihm:

»Ich kann das Leben nicht mehr ertragen.«

An jenem Tage mißhandelte er sie so, daß sie glaubte, er liebe sie dennoch.

Es hatte vor Raserei in ihm geschrien: Wie konnte sie es *wagen,* sich bis zu dem Grade in sein Leben zu drängen, ihm eine Verantwortung aufzuladen, die er niemals übernommen hatte!

Als sie das nächste Mal beisammen waren, sagte sie:

»Ich liebe dich mehr als je.«

Sie machte sich so winzigklein, sie lag mit bettelnden Händen vor ihm, sie lächelte weh und lallte wie ein Kind:

»Tu alles, was du willst!«

Sein erstes Gefühl war, ihr einen Tritt zu geben. Plötzlich aber riß eine zärtliche Saite in seinem Herzen. Er hatte Mitleid – Mitleid mit ihr und mit sich.

Er zog sie in die Höhe, führte sie zu einem Stuhl und setzte sich dicht neben sie. Nahm ihre Hand und sagte:

»Weder du noch ich können dies Leben aushalten. Ich habe dir meine Freundschaft angeboten. Um deinet- und meinetwillen, nimm sie an!«

Sie sah ihn verständnislos an. »Was soll ich mit deiner Freundschaft?« fragte sie. »Ich fühle keine Freundschaft für dich.«

Sie saß, während sie dies sagte, wie jemand, der im Schlaf spricht. Ihre Augen waren erloschen, ihre Stimme verschleiert und heiser.

»Nun ja« – sagte er, »ich kann dich ja nicht hindern, wenn du dich wie ein verführtes Dienstmädchen benehmen willst.«

Er erhob sich und ging ans Telephon. Bestellte ein Automobil. Sofort.

Als er zurückkam, lag sie im Weinkrampf, um Verzeihung stehend.

Und das Automobil mußte über eine Stunde warten.

12

Sie fuhr fort, mit Selbstmord zu drohen.

Er versuchte sich damit zu trösten, daß die, die von Selbstmord sprechen, selten Ernst daraus machen. Dennoch lag ihre Drohung beständig wie ein Alpdruck auf ihm. Denn er fühlte, daß sie zu dem Punkte gekommen war, wo die Verzweiflung, weil sie sich nicht weiter treiben läßt, eine Auslösung verlangt.

Sein letztes Hilfsmittel war, an ihr Ehrgefühl zu appellieren. Er benutzte den Kniff, ihr damit zu schmeicheln, daß sie nicht wie andere Frauen sei. (Er wußte nicht, daß er ihr nichts Schmählicheres sagen konnte.) Daß er sie gern habe, weil etwas männlich Geradliniges in ihrer Natur sei.

Obgleich er sie im Innern für hysterisch, bis zum Wahnsinn, hielt, sagte er:

»Du, die du so klug und vernünftig bist, darfst nicht zu solch simpeln Mitteln greifen. Was in aller Welt kann ich dafür, daß ich erotisch von dir nicht hingerissen werden kann? Hast du darum das Recht, mich mit deinem Selbstmord zu belästigen? Dennoch sage ich: wenn es sich nur um dich oder mich handelte, dann erhänge oder erschieße dich meinetwegen. Aber ich finde es gemein, wenn du durch Selbstmord in dem nichtsahnenden Gemüt deines Mannes einen Verdacht erweckst.«

Sie lachte mit Augen, die ganz erloschen waren vor Müdigkeit:

»Wie zart du bist!«

Und sie fügte hinzu, als sie sah, wie der Peitschenschlag wirkte: »Ich werde in einem Brief hinterlassen, daß kein Grund zum Verdacht ist – gegen dich.«

13

In Gottes Namen: vielleicht war es das beste, daß sie sich das Leben nahm.

Sie gehörte zu den Unglücklichen. Zu klug, um sich narren zu lassen und sich mit einer gewohnheitsmäßigen Ehe abzufinden. Zu bürgerlich, um leichtsinnig die kleinen Blumen des Flirts am Wege zu pflücken. Zu sentimental, zu vorsichtig, um sich mit dem ersten besten Wüstling ganz dem rücksichtslosen Sinnesgenuß hinzugeben.

Eine Bedauernswerte.

Natürlich wäre es das beste, wenn sie ihrem Leben ein Ende machte. Das Lumpige war nur, daß sie es nicht auf eigene Verantwortung zu tun wagte. Das Bestimmende für sie war, ihm, als Mitverantwortlichem, eine unheilbare Wunde zu schlagen.

Wie Kinder, wenn sie sich ungerecht von ihren Eltern bestraft glauben, Selbstmord planen, in ihrer Phantasie die Reue der Eltern genießend – so war es auch ihr ein Genuß, sich ihn an ihrer Leiche vorzustellen.

Sie überlegte allen Ernstes, was von größerer Wirkung sein würde: ein Tod in Schönheit oder eine häßlich entstellte Leiche.

Vorläufig hatte sie den Genuß, seine Feigheit vor Aufsehen und Skandal zu spüren, wenn sie mit Selbstmord drohte.

Es jubelte in ihr vor Triumph, wenn sie seine Angst merkte.

Dennoch erfuhr sie nie ganz, bis zu welchem Grade sie ihm Angst gemacht hatte.

Oftmals war er drauf und dran, sie um Schonung zu bitten, aber er wurde von dem Haß zurückgehalten, der Tag für Tag in seinem Herzen wuchs. Wie gemein, daß sie Macht über ihn bekommen sollte. Nein – und wenn er zu Tode gepeinigt würde – an ihr Mitleid appellieren *wollte* er nicht.

Was ihn am meisten empörte, war, daß sie, dieser ganz gleichgültige und zufällige Frauenkörper, Recht über sein Leben und Sterben haben sollte.

Und noch mehr empörte es ihn: daß er sie nicht wie ein unleidliches Gewürm zu zertreten wagte.

Weil diese Frauensinne sich zufällig ihn als Mittel und Gegenstand gewählt, weil diese viel zu lang aufgesparte und darum überspannte Sehnsucht zufällig bei ihm ihre Erfüllung gefunden hatte – sollte er als Mann verpflichtet sein, sich sein Leben ruinieren zu lassen!

Eine Frau würde sich an seiner Stelle, mit Sympathie von allen Seiten, das Recht zu jeglicher Verteidigung nehmen können. Männer und Frauen würden in gleichem Maß von einer so schamlosen Anmaßung angewidert sein.

Er als Mann war wehrlos.

Er haßte sie. Weil er aber Mann war, fühlte er gleichzeitig das zärtlichste Mitleid mit ihr. Denn es war ja doch Leidenschaft von ihrer Seite. Sie liebte ihn auf ihre Weise. Er wußte, daß es nichts gab, was sie nicht für ihn getan hätte – nur nicht ihn freigeben. Im tiefsten Innern fühlte er sich geschmeichelt.

Und wenn sie nicht gerade den Haß in ihm schürte, fand er, daß sie ein armes Kind sei, gegen das man gut sein müsse.

14

Es wurde bei ihr eine fixe Idee, daß sie sterben müsse.

Sie war nicht schlecht. Und sie begriff wohl, daß sie übel gegen ihn handelte, wenn sie Selbstmord beging.

Aber: wenn sie doch nicht mehr leben mochte! Wenn es für sie nur noch die einzige Möglichkeit gab, aus der Welt zu verschwinden.

Natürlich hätte sie nie zu ihm davon sprechen dürfen. Sie sah ein, wie verkehrt es war, aber es war ja ihr letzter armseliger Versuch gewesen, seine Liebe zu wecken. Es ekelte ihr vor sich selbst. Sie mußte sich mit Schmach eingestehen, daß sie auf sein Mitleid spekuliert hatte und sich vielleicht jämmerlich damit begnügt haben würde. Sie empfand demütig ihre eigene Armseligkeit.

Und eines Abends lag sie weinend vor ihm und gestand ihm alles.

Sie legte ihre Seele ganz vor ihm bloß. Sie fragte still und ohne eine Spur von Exaltation, ob er glaube, daß er ihr helfen könne. Ob er glaube, daß Hilfe möglich sei.

Eine heiße Woge von etwas, das Liebe glich, durchströmte ihn. Jedenfalls war sein Herz voll Dankbarkeit – er ahnte doch jetzt gewissermaßen eine Möglichkeit, ihr Verhältnis hübsch und zart zu gestalten.

Und er sagte – und meinte es auch –, während er ihren Kopf zwischen seine Hände nahm und ihr Gesicht zu seinen mild eindringlichen Augen aufhob, und seine Stimme bekam einen hellen und glücklichen Klang:

»Du ahnst nicht, wie froh es mich machen würde, wenn ich dein guter Freund sein dürfte.«»Hast du mich denn gern?« fragte sie, »nur ein ganz klein wenig?«

Er antwortete, ohne ihren Blick loszulassen – er fand, daß er einen großen Sieg gewonnen habe:

»Ich glaube, wir könnten viel Freude aneinander haben, wenn wir uns einigten, Freunde zu werden.«

»Laß es uns versuchen,« sagte sie.

Mehr Worte wurden nicht zwischen ihnen gewechselt. Behutsam zog er sie auf seinen Schoß. Und sie blieben sitzen, Lippen auf Lippen, ohne sich zu küssen, während sie sich zum erstenmal in einem gemeinsamen Genuß und einem gemeinsamen Gefühl begegneten.

Bevor sie ging, verabredeten sie, daß sie sich vorläufig nicht sehen wollten. Sie sollte in der Zurückgezogenheit versuchen, sich zu gewöhnen, ihn zu entbehren. Um damit ein neues Recht auf ihn zu gewinnen.

Er war so jubelnd froh, sich endlich von dem Alpdruck dieser letzten Monate befreit zu fühlen, daß er ohne Heuchelei mit ihr davon sprechen konnte, wie wunderschön sie ihre Zukunft gestalten wollten.

15

Am ersten Tag schickte er ihr anonym Blumen. Am nächsten Morgen bekam er folgende Zeilen:

»Dank, mein lieber Freund, wenn die Blumen von Dir waren. Und wenn sie es nicht waren, so reiße mich jedenfalls nicht aus der glücklichen Illusion!«

Es machte ihm Freude, ihr eine Überraschung bereitet zu haben. Gleichzeitig aber bekam er Angst, daß sie mehr in seine kleine Galanterie hineinlegte, als er gewollt hatte. Und seine Angst wurde bestärkt, als von jetzt ab jeden Morgen mit der ersten Post ein sehr verliebter Gruß von ihr kam.

Ja, ihr nicht verwöhntes Herz lebte von dem Entzücken über diese Blumen. So zart und liebevoll und bedachtsam konnte nur *er* und kein anderer in der ganzen Welt sein. Was schadete es da, daß er bisweilen streng und grausam war? Jetzt begriff sie auch, daß er Grund gehabt hatte, böse auf sie zu sein. Daß er keinen Wert darauf legte, sie körperlich zu besitzen, sondern sie lieber zur Freundin haben wollte, war ja nur begreiflich. Für einen Mann wie ihn war es sicher leicht, Verhältnisse zu bekommen. Sie begriff, daß er sich vor allen Dingen nach einer Freundin sehnte, mit der er über alles sprechen, der er sich ruhig anvertrauen konnte, und die Interesse für alles hatte, was ihn beschäftigte.

Daß er sie nicht so haben wollte, wie er so viele andere gehabt hatte, darauf konnte sie ja nur stolz sein. Tatsächlich hatte er es ihr ja vom ersten Tage an ganz deutlich gesagt. Und es lag nur an ihrer eigenen Dummheit, daß ihr Verhältnis in eine falsche Bahn gekommen war. Weil sie sich gar nicht hatte denken können, daß er etwas anderes und mehr von ihr gewollt hatte. Eigentlich hatte sie sich ihm gegenüber schamlos benommen. Und es war unglaublich nett von ihm, daß er ihrer nicht müde und überdrüssig geworden war, sondern im Gegenteil immer wieder Geduld mit ihr gehabt und Abend für Abend daran gearbeitet hatte, sie zur Vernunft zu bringen. Wenn sie in einiger Zeit – es war gut und richtig, daß sie damit gestraft wurde, ihn eine oder zwei Wochen nicht zu sehen – wieder zu ihm kam, würde er sich über die Veränderung wundern, die mit ihr vorgegangen war. Es war geradezu schwindelnd schön, sich vorzustellen, eines Tages wieder bei ihm zu sitzen. Und dann! – sie errötete ganz konfirmandinnenhaft und gleichzeitig lächelte sie schalkhaft: dann wollte sie ihn eines Tages in Erstaunen setzen, indem sie ihm zeigte, daß sie auch auf erotischem Gebiet nicht so dumm sei, wie er augenscheinlich glaubte. Sie wollte ihm schon die Überzeugung beibringen, daß er auch auf dem Gebiet Freude von ihr haben konnte. Als sie daran dachte, daß sie damit gedroht hatte, ihrem Mann zu beichten, lachte sie laut auf. Die Ohrfeige, die dieses Nachplappern von Abrechnungsszenen aus Romanen ihr eingetragen hatte, war ehrlich verdient gewesen. Jetzt, wo alles sich so wunderbar zum Glück gewendet hatte, konnte sie darüber lachen. Wie nah aber war sie daran gewesen, alles zu verderben! Nein, nie wollte sie ihn wieder mit ihrem verpfuschten Verhältnis zu ihrem Mann quälen, nicht eher, als bis er sie selbst bat, darüber zu sprechen – bis er selbst fand, daß sie das in Ordnung bringen mußten, um zu dem vollkommenen Glück zu kommen.

16

Walter konnte ihr nicht schreiben, ohne daß sie es vorher verabredet hatten, weil sie selbst die Post entgegennehmen mußte. Denn sie hatte nie heimliche Korrespondenzen gehabt, und es kam vor, daß ihr Mann – ohne die Absicht, sie auszuspionieren – Briefe öffnete, die für sie kamen. Und das Telephon war im Kontor. Den ganzen Tag bis nachmittags sieben Uhr nahmen entweder ihr Mann oder sein Bürogehilfe Telephonbestellungen für sie entgegen.

Aber gleich neben der Villa, in der sie wohnten, war ein Postkasten. Und jeden Abend, während ihr Mann die Abendzeitungen las, machte Frau Ellinor mit ihrem Foxterrier einen Gang durch den Garten oder durch die Allee vor der Villa.

Jeden Abend in dieser Zeit wurde ein kleiner blauer Brief – Walter hatte erreicht, daß das gelbe Papier abgeschafft wurde – in den Postkasten geworfen.»Tip« kannte schon den Weg, lief gleich zum Postkasten und hob das Bein.

17

(*Aus ihren Briefen*)

Es ist nicht so schlimm, Dich nicht zu sehen, wie ich geglaubt habe. Denn jetzt weiß ich ja, daß Du mich gern hast.

Noch stehen Deine Rosen auf meinem Schreibtisch.

Er neckte mich heute mit ihnen. »Findest Du die noch schön?« fragte er. »Darf ich Dir nicht frische zur Ablösung schenken?«

Ich antwortete (und ich fand selbst, daß es ganz fein war): »Die Blumen, die Du mir an unserem Verlobungstag schenktest, habe ich zwei Jahre aufbewahrt. Und fand sie die ganze Zeit schön. Es dauerte zwei Jahre, bis sie welkten.«

*Deine*Rosen, geliebter Freund, werden nie für mich welken.

Hörst Du mich nicht oft auf Deinen Treppen? Ich bin fast immer da. So intensiv lebe ich mich in den Traum hinein, daß ich die Stufen knarren höre. Und doch schleiche ich so vorsichtig. Plötzlich höre ich, daß der Türdrücker von innen angefaßt wird. Und ich stürze davon – und finde mich an meinem Schreibtisch sitzend.

Aber fürchte nichts: ich komme nicht, bevor Du mich haben willst. Ich bin glücklich in dem Bewußtsein, daß ich Dich nicht mehr quäle. Und träume von dem Tage, wo Du froh sein wirst, wenn ich wieder zu Dir komme.

Es ist so seltsam, gar nicht zu wissen, was Du denkst. In gewisser Weise herrlich, denn so kann ich Dich antworten lassen, wie ich möchte, daß Du antworten sollst. Eigentlich habe ich Dich jetzt viel mehr als früher.

Mein geliebter Freund – werde nicht böse! Ich habe eine Bitte an Dich. Geh morgen um zwei Uhr an unserer Villa vorbei! Er sieht Dich nicht, denn Du weißt: das Kontor liegt zum Garten hinaus.

*Willst*Du? Du weißt nicht, wie glücklich Du mich machen würdest.

Du kamst nicht. Und ich weiß nicht, warum. Es kann ja sein, daß Du verhindert warst, daß es Dir ganz unmöglich war.

Aber ich hatte mich so darauf gefreut, nur einen Schimmer von Dir zu sehen, und als ich vergeblich bis nach halb vier Uhr gewartet hatte, war ich so betrübt, daß ich zu Bett ging, ein Schlafpulver nahm und mich in Schlaf weinte. Heute habe ich Kopfschmerzen und sehe uralt aus.

Nun mußt Du aber gut sein: Er ist morgen zu einem Herrenessen. Schicke mir mit einem Boten zwischen sieben und acht Uhr nur zwei Worte! Du mußt doch zugeben, daß ich in diesen Tagen nicht anspruchsvoll gewesen bin.

18

Für Hermann Walter war die vergangene Woche eine qualvolle Freiheitszeit gewesen.

Was half es, daß sie nicht mehr kam? Ihre Briefe umklammerten ihn fester und fester. Gerade weil sie ihn nicht sah, nicht hörte, gestattete ihre Phantasie ihr, ihn mehr und mehr in Besitz zu nehmen.

Sie hatte also keine Silbe von dem verstanden, was er meinte, oder sie *wollte* ihn nicht verstehen. Es machte ihn bebend nervös, daß sie sich ihm jeden Tag aufdrängte, ohne daß er sie sich fernzuhalten vermochte. Mit jedem Brief, den er unbeantwortet lassen mußte, nahm sie sich neues Recht über ihn.

Endlich gab sie ihm Gelegenheit zu antworten. Aber er fühlte, daß es zu spät war.

Er *wollte* ja nicht brutal sein. Oder richtiger: im tiefsten Innern wollte er es vielleicht. War sie ihm im Grunde nicht eine vollkommen gleichgültige Person? Ja und nein. Denn so gerührt ist am Ende jeder Mann über eine Frau, die ihm ihr Herz und ihren Körper anbietet – wenn sie nicht häßlich oder gewöhnlich ist –, daß er ihr gegenüber nicht ganz geringschätzig oder gleichgültig bleiben kann. Seine Einbildung und Selbstzufriedenheit sagen ihm ständig, daß ihre Verliebtheit entschuldbar – ja, begreiflich ist.

Er schrieb:

»Liebe Ellinor. Das nennst Du vernünftig sein? Glaubst Du, daß wir auf diese Weise den ruhigen Freundschaftston finden?

Ich kann Dir natürlich nicht böse sein, weil Du mich liebst. Aber ich bin nun einmal so, wie ich bin! Und habe Dich auf ganz andere Weise gern.

Ich kann nicht wie ein junger verliebter Student vor Deinen Fenstern auf- und abrennen. Ich würde mich in meinen eigenen Augen lächerlich machen.

Was in aller Welt willst Du? Ich kann Dir nicht mehr geben, als ich kann. Könntest Du Dir nicht etwas Mühe geben, mich zu verstehen?«

19

Ein kalter Windhauch hatte ihr Kartenhaus umgeblasen.

Da saß sie mit seinem Brief im Schoß, und der Kopf war ihr ganz leer. Sie war wie erstarrt.

Bis es sie plötzlich wie ein Fieberschauer durchfuhr: Ich hasse ihn.

Sie nahm sich mit einem Ruck zusammen, erhob sich und ging zum Schreibtisch. Nahm mit vor Kälte zitternden Händen Feder und Papier und schrieb in fliegender Eile:

»Jetzt ist es genug. Ich kann mich nicht mehr auf diese Weise behandeln lassen. Ich halte es nicht aus. Wie kann ein Mensch so schlecht und unbarmherzig sein! Ich weiß jetzt, was Du wünschst. Und Du *sollst* von mir befreit werden. Ich werde sogar Mitleid mit Deiner Feigheit haben und keinen Skandal machen.«

Es war eine Hast in ihr – sie fand, es gelte hiermit fertig zu werden. Ohne Hut, ohne Jacke lief sie über die Straße, des Hundes kaum achtend, der lustig kläffend voransprang.

In dem Augenblick aber, als der Brief in den Kasten fiel, wurde sie von Entsetzen ergriffen.

Was hatte sie getan? War sie denn ganz verrückt? Hilflos stand sie und starrte den Kasten an. Gab es denn keine Möglichkeit, den Brief zurückzubekommen? Sie versuchte ihre Finger durch den Spalt zu klemmen – soweit sie reichen konnte, war der Kasten leer. Jetzt erinnerte sie sich auch des klappenden Geräusches, als der Brief hineinfiel: Der Kasten mußte ungefähr leer sein und der Brief lag ganz unten auf dem Boden.

Es gab also nur einen Ausweg: sie mußte ihm einen neuen Brief schicken, der ihn gleichzeitig erreichte.

Jeden Augenblick konnte ihr Mann zurückkommen. Es war keine Zeit zu verlieren. Sie rannte ins Haus, setzte sich an den Schreibtisch und schrieb:

»Verzeih mir! Versuche mir zu verzeihen! Versuche mich zu verstehen! Ich liebe Dich. Ist das ein Verbrechen? Verdient das eine so harte Strafe? Ich muß Dich sprechen, komme morgen zur gewöhnlichen Stunde zu Dir. Wir müssen uns sprechen. Ich muß wissen, ob ich leben soll, oder ob Du lieber willst, daß ich mich töte. Befiehl über mich, mach mit mir, was Du willst! Ich hänge nicht am Leben. Du hast mir früher einmal verboten, zu sterben. Meintest Du etwas damit? Ich bitte Dich nur um das eine: daß Du mir die Wahrheit sagst.

Ich weiß, ich handle kläglich. Denn es gibt ja nichts zu fragen, sonst hättest Du nicht so geschrieben.«

20

Erst drei Tage später bekam er ihre beiden Briefe. Denn eine geschäftliche Angelegenheit hatte ihn telegraphisch abgerufen.

Außer diesen beiden Briefen aber war da noch ein dritter. Er lautete:

»Darf man so brutal sein? Darf man so rücksichtslos auf einem verquälten Herzen herumtreten?

Wenn ich Dir auch widerlich bin; wenn Du mich auch mißachtest: darfst Du trotzdem so handeln?

Ich stand vor Deiner Tür und klopfte demütig an. Ich flehte um Einlaß. Du aber ließest mich, zu meinem eigenen Spott, wie eine aufdringliche Bettlerin draußen stehen.

Da bat ich in meiner Qual Gott, daß er Dich strafen möge.

Und ich ging mit erhobenem Haupt fort, mit einem Haß, der in aller Ewigkeit über Dir stammen wird.

Es gibt keine Qual, keine Demütigung, keine Schmach, die mein mißhandeltes Herz nicht auf Dich herabwünscht.

Du hast Deinen Willen bekommen. Du bist frei. Aber, bei Gott im Himmel: mein Haß verläßt Dich nicht. Und er soll wie eine drohende Wolke über Deinen Gedanken brüten. Ich kann Dich nicht damit erfreuen, daß ich jetzt sterben will. Ich warte, bis es mir eines Tages paßt, bis ich weiß, daß die Tat einen kalten und tötenden Schatten auf Deinen niederträchtigen Siegeszug werfen wird.«

Sein erstes Gefühl an dem Morgen, als er heimkehrte und diese drei Briefe gelesen hatte, war Widerwille. Und er dachte: mag sie in ihrem Haß vermodern! Sie hat mich mehr gepeinigt als sonst eine.

Und er arbeitete den ganzen Tag, ohne einen Gedanken an sie, leicht und befreit.

Als er aber abends in seinem Arbeitszimmer saß und schrieb, wurde sein Gehirn plötzlich müde, und die Feder ruhte. Er saß in einem schweren Halbschlummer, die Feder noch immer in der Hand. Und als er mit einem Ruck erwachte, war ihm, als ob er im Traum ein Klopfen an der Tür gehört habe.

Im selben Augenblick sah er sie wie in einer Halluzination, kniend, flehend, schluchzend vor seiner unbarmherzig verschlossenen Flurtür.

Ein zärtliches Mitleid durchströmte ihn. Und er sagte sich selbst: Wenn man einer solchen Liebe begegnet – mag ihre Form, ihre Art, sich zu äußern, mehr oder weniger schön sein –, ist man so reich, daß man sie wegwerfen darf?

Er begriff ihren Haß. Armes Kind – sie hatte ja geglaubt, daß er kaltlächelnd hier drinnen säße, während sie draußen stand und um Einlaß flehte.

Nein, so konnte und wollte er nicht von ihr scheiden. Ihre überspannten Drohungen fürchtete er nicht. Denn sie schrieb ja, daß sie warten würde, daß sie es genießen wolle, ihn auf die Folter zu spannen. Ein Selbstmörder aber, der warten will, stirbt meistens einen sanften Strohtod – an Altersschwäche.

Aber der Gedanke war ihm unerträglich, daß sie ihn ungerecht haßte. Das war sinnlos. Er wollte ihr ja kein Leid antun. Im Gegenteil, er wollte gut gegen sie sein. Ja, wirklich. Das bildete er sich nicht nur ein, weil ihm daran lag, sich von dem Verdacht einer unfeinen Handlungsweise zu reinigen.

Wenn er sie nur zehn Minuten sprechen könnte! Er würde warm und herzlich eine Beredsamkeit entfalten, die sie überzeugen müßte. Er würde Sonne und Freude in ihre schwere, trübe Seele strahlen lassen, er wollte gut und behutsam sein, wollte sie mit weichen, sanften Händen streicheln, wollte ihre Freundschaft so hoch preisen, daß sie stolz und glücklich sein würde.

Es galt nur, sie zum Kommen zu bewegen. Aber sie würde natürlich kommen, sobald sie erfuhr, daß er ihr keine Beleidigung zugefügt hatte.

Es gab keinen anderen Weg: er mußte ihr einige Zeilen senden und es darauf ankommen lassen, daß sie dem Mann in die Hände fielen. Am besten war es gewiß, wenn der Brief mit der ersten Morgenpost kam; sie hatten getrennte Schlafzimmer und erhielten wahrscheinlich ihre Post morgens auf dem Zimmer.

Auf alle Fälle war es das beste, den Brief so abzufassen, daß der Mann keinen Verdacht bekam, wenn er ihn öffnete.

Er schrieb:

Liebe Frau Ellinor! Wir haben uns seit einer Ewigkeit nicht gesehen. Ihr Mann hat wohl wie gewöhnlich viel zu tun gehabt. Ich ebenfalls. Unter anderm bin ich einige Tage in Geschäftsangelegenheiten verreist gewesen. Kam erst heute morgen zurück. Ich sehne mich, Sie zu sehen (ihn natürlich auch). Habe Ihnen eine Menge zu erzählen. Telephonieren Sie mir bitte, ob Sie einen der ersten Abende bei mir speisen wollen. Dann können Sie mir auch sagen, ob ich noch andere einladen soll. Am liebsten wäre ich mit Ihnen allein (und mit ihm – natürlich).«

Zufrieden mit der Form, die er dem Brief gegeben hatte, warf er ihn in den nächsten Postkasten.

Und er fand, daß jetzt alles in schönster Ordnung sei. Er hatte sich von einem törichten Verdacht gereinigt, und *sie* würde strahlend glücklich werden.

21

Es war eine Enttäuschung für ihn, daß der ganze nächste Tag ohne Telephonanruf und ohne Brief verging. Nun, vielleicht hatte sie zu einer Zeit angerufen, wo sowohl er wie seine Haushälterin ausgegangen waren. – –

Am Morgen des nächsten Tages kam sein Brief ungeöffnet zurück – in einem Kuwert mit ihrer Aufschrift. Auf *sein* Kuwert hatte sie geschrieben: »Verbitte mir Briefe. Sie müssen Ihre Gemeinheiten jetzt einstellen. Ich habe nur noch die eine Bitte an Sie, daß Sie mich nicht aus Rachsucht zu kompromittieren versuchen.«

Zum erstenmal in seinem Leben fühlte er sich hilflos ohnmächtig. Hier war ein Fall, wo er sich durchaus schuldlos wußte. Und gerade hier schlössen sich die Gefängnismauern unbarmherzig um ihn. Er lief mit der Stirn dagegen. Niemand hörte ihn. Er konnte seine Unschuld so viel herausschreien, wie er wollte: die Mauern schlössen sich kalt und gleichgültig.

Er machte einen letzten Versuch, obgleich er im voraus wußte, daß er mißglücken würde.

Er telephonierte ihrem Mann. Er wollte sie durch ihn wissen lassen, daß er verreist gewesen sei.

Aber er kam nicht einmal dazu, von seiner Reise zu erzählen. Natürlich hatte sie einen Angriff von dieser Seite vorausgesehen. Er merkte gleich am Ton ihres Mannes, daß auch hier alles gesperrt sei.

»Entschuldigen Sie – ich bin mitten in einer wichtigen Unterredung,« war die Antwort, als er Verbindung bekommen hatte – und gleich darauf eiskalt: »Sehr freundlich von Ihnen. Aber meine Frau geht in dieser Zeit nicht aus. Ja, ja. Wir werden sehen. Ich will mit ihr sprechen. Wir werden dann anrufen.«

Weiter kam er nicht. Und es wurde nie telephoniert.

Lange Zeit bedrückte ihn sein Erlebnis mit Frau Ellinor. Dann vergaß er es allmählich. Hatte nur ein Gefühl des Unbehagens, wenn es ab und zu in seiner Erinnerung auftauchte.

Ein Jahr später verliebte er sich stark in eine junge Schauspielerin. Und der Stadtklatsch beschäftigte sich sehr mit dieser Geschichte.

Eines Abends, als er mit seiner süßen, jungen Geliebten beisammen saß, klingelte das Telephon. Er nahm den Hörer, obgleich sie protestierte, und hörte Ellinors Stimme wie einen fernen Klang:

»Lebwohl!«

Am nächsten Tage brachten die Zeitungen die Mitteilung von ihrem plötzlichen Tod. Aber keine machte eine Sensation daraus.

Als er das nächste Mal mit seiner Geliebten zusammen war, fragte sie leichthin, während sie ihr Korsett ablegte: »Kanntest du die verrückte Frau Weber, die sich neulich das Leben genommen hat?«

Er antwortete und legte seinen Arm um ihren befreiten, weichen Leib: »Ich kannte sie ganz flüchtig. Wir haben eine kurze Zeit miteinander korrespondiert. Aber der Briefwechsel hörte bald auf. Sie war klug, aber überspannt. Wir paßten nicht zueinander.«

»Magst du mich leiden?« fragte die junge Schauspielerin, die nackten, weißen Arme um seinen Hals:

»Passen *wir* zueinander?«

Vom Weibe geboren

Meine Mutter ist, wie alle bezeugten, die sie gekannt hatten, die sanfteste, anmutigste Frau gewesen. O wie habe ich sie vergöttert, und wie habe ich geweint, daß sie von hinnen ging, ehe ich noch recht gelernt hatte, ihre seltenen Eigenschaften zu schätzen. Und wie habe ich mich selbst verdammt, wenn ich daran zurückdachte, daß ich im ersten Augenblick – ich zählte damals etwa sieben Jahre – ihren Tod eigentlich als Befreiung empfunden hatte. Ich fand es herrlich, obwohl ich wußte, daß ich das Gegenteil hätte finden müssen; aber ich konnte keine wirkliche Trauer empfinden, ich konnte zum Beispiel auch nicht weinen – ich fand es einfach herrlich, daß nun niemand da war, der mir ständig auf den Fersen saß und immerfort nörgelte: Dies dürfe ich nicht tun und jenes hätte ich zu lassen. »Habe ich dir nicht tausendmal verboten, am Bach zu spielen?« »Habe ich dir nicht gesagt, daß du nicht auf den Fahrdamm gehen darfst?« »Weißt du nicht, daß du dich nicht aus dem Fenster lehnen sollst?« »Wenn du dies nicht ißt, gibt es keinen Nachtisch.« Und so fort ins Unendliche.

Natürlich war das alles zu meinem Besten. Und später hörte ich denn auch von allen Seiten, wie entzückend meine Mutter gewesen sei. Nicht zum wenigsten von meinem Vater. Ich dachte oft, wie eben ein Kind denkt, ohne sonderlich tiefer darüber nachzudenken, ohne lange dabei zu verweilen, aber ich dachte es, wenn ich still für mich war oder auf dem Ort saß, den man heute W. C. nennt: Komisch, daß Vater so traurig ist und immer davon spricht, wie sehr er Mutter entbehrt. Denn in der Regel haben sie sich doch gezankt. Ich weiß, als ich noch ganz klein war und im Schlafzimmer bei ihnen schlief, daß Mutter, wenn Vater spät nach Hause kam und sie schon im Bett lag, sehr böse war, weinte und ihm Vorwürfe machte, weil er abends ausging und sie allein sitzen ließ. Ich erinnere mich, wie oft er ihr vorhielt, daß sie zu verschwenderisch sei; er könne unmöglich das viele Geld aufbringen, sie müsse unbedingt sparsamer sein. Es sei durchaus nicht nötig, daß sie schon wieder einen neuen Hut kaufe, und es sei toll, daß sie durchaus ein neues Kleid haben wolle. Auch im Haushalt gehe zu viel drauf. Frau Soundso komme mit weit weniger Wirtschaftsgeld aus, und sie müsse bedenken, daß er kein reicher Mann sei; er müsse sich abrackern, um das zu verdienen, was sie vergeude. Wie vieler Mahlzeiten entsinne ich mich, bei denen Mutter mit verweinten Augen dasaß, Vater kein Wort sprach und wir Kinder ängstlich an den Speisen würgten, ewig in der Furcht, angefahren zu werden, weil wir Löffel und Gabel schlecht hielten, die Suppe schlürften oder an den Kükenknochen knabberten.

Namentlich wenn Fräulein Jensen, Mutters jüngere Freundin, zu Besuch kam, sprach Vater von dem schweren Verlust, der ihn betroffen hatte. Er und Fräulein Jensen waren sich darüber einig, daß es kein vollkommeneres Wesen gegeben hatte als Mutter war, und Fräulein Jensen nahm mich auf den Schoß und sagte wieder und immer wieder: »Armes Kind, das seine liebe gesegnete Mutter verloren hat!«

Ohne Zweifel war die Ehe meiner Eltern selten glücklich und harmonisch gewesen. Die kleinen Zwistigkeiten, die auf mein welt- und lebensunkundiges Kindergemüt einen solchen Eindruck gemacht hatten, waren in Wahrheit ja gleichgültige Bagatellen. Später habe ich Ehen gesehen, die nicht entfernt so glücklich waren. Selbst zwischen zweien, die einander unsagbar lieben, können kleine Uneinigkeiten und Reibungen entstehen. Aber es ist häßlich, wenn zum Beispiel ein Ehepaar, wie ich als Geistlicher leider nicht selten zu erfahren Gelegenheit hatte, sich tätlich aneinander vergreift, noch dazu in Gegenwart der Kinder.

Da ich nun beständig hörte, wie schrecklich Vater meine Mutter entbehrte und wie unvergeßlich sie ihm war, überraschte es mich nicht wenig, als er uns eines Tages – ich war neun Jahre alt – die Mitteilung machte, daß Fräulein Jensen künftig unsere Mutter sein würde.

Ich wußte ja, daß niemand sich mit Mutter messen konnte und ging still auf das W. C., wie ich es immer zu tun pflegte, wenn ich in Ruhe nachdenken wollte, und weinte bei dem Gedanken, daß Vater uns wirklich Fräulein Jensen zur Mutter geben würde.

Ich bin jetzt alt und wohl bald mit dem Leben zu Ende. Und im großen und ganzen habe ich nur Grund, dankbar zu sein für alles Gute, das der Herr mir auf Erden geschenkt hat. Sicher war es meine Schuld, daß ich kein Herz zu Fräulein Jensen fassen konnte, trotzdem sie nach der Meinung aller uns Kindern eine außergewöhnlich liebevolle Stiefmutter war und meinem Vater neues häusliches Behagen bereitete. Uns beiden, mir sowohl wie meiner schwerhörigen Schwester, der sie ihr Leiden oft vorwarf, siel es nicht leicht, uns an ihre stramme, aber zweifellos wohlgemeinte Erziehungsmethode zu gewöhnen, nachdem wir zwei Jahre ohne mütterliche Aufsicht gewesen waren. Es gab viel, was ihr an uns verbesserungsbedürftig erschien, und das war wohl auch begreiflich, da wir so lange keine Mutter gehabt hatten. Ich habe später oft bereut, daß ich sie als Kind nicht genügend würdigte. Als ich älter wurde, erging mein Vater sich, wenn wir beide allein waren und plauderten, oft in Lobpreisungen über sie und versicherte mir, wieviel es für ihn und unser Heim bedeute, daß sie sich unserer angenommen habe. Er war gewiß sehr glücklich mit ihr, auch wenn er Mutter nie vergaß – aber es schien, als sei er plötzlich ein alter, müder Mann geworden. Vielleicht kam das nur daher, daß er neben der so viel jüngeren Frau älter wirkte. Und es mag wohl auch sein, daß verschiedenes bei uns im Hause sehr reformbedürftig war und Vater, obgleich er einsah, daß sie recht hatte, sich ein bißchen schwer daran gewöhnen konnte. Sicher wurde früher mehr Geld verbraucht, als seine Einnahmen erlaubten. Aber glücklicherweise war Fräulein Jensen, also meine Stiefmutter, eine ausgezeichnete Sparmeisterin, und Vater war ihr denn auch unendlich dankbar dafür, daß sie seine Geldangelegenheiten in Ordnung brachte. Nur ab und zu, glaube ich, fand er, daß sie zu weit ging. Ich erinnere mich zum Beispiel, daß sie an einem Novembertag, dem Geburtstage meiner rechten Mutter, Vater Vorwürfe machte, daß er uns Geld gab, um Blumen für ihr Grab zu kaufen. Sie fand, es habe keinen Sinn, für Blumen, die jetzt obendrein so teuer waren, Geld hinauszuwerfen. Das war, soweit ich mich erinnere, das einzigemal, daß Vater ihr heftig entgegnete. Sonst hatte er seinen alten Jähzorn ganz eingebüßt und fügte sich willig und ohne Widerspruch ihren klugen Anordnungen. Daß meine Schwester und ich, Kinder, die wir waren, sie geizig fanden, kann man nicht ernst nehmen. Wir fanden zum Beispiel, daß unsere Vesperbrote zu dünn gestrichen waren – aber das lag wohl nur daran, daß sie früher zu dick belegt gewesen waren.

Nach allgemeiner Aussage war ich ein selten begabtes Kind. Mir selbst kam es nicht sonderlich zum Bewußtsein. Allein mein Vater war stolz darauf, daß ich bereits mit zehn Jahren die Namen aller dänischen Könige der Reihe nach auswendig wußte – von Gorm dem Großen bis Christian IX. Deshalb kam ich auch aufs Gymnasium, und mein Vater, der nur Kolonialwarenhändler, aber der Enkel eines berühmten alten Bischofs war, dessen Bild im Ornat, mit dem Großkreuz auf der Brust, im Wohnzimmer über dem Sofa hing, wollte gern, daß ich das stolze Erbe der Familie antreten und die theologische Laufbahn wählen sollte. Jeden Sonntag nahmen er und Fräulein Jensen – es fällt mir schwer, sie anders zu nennen – oder wenn sie, was ziemlich oft vorkam, verhindert war, er allein mich zum Hochamt in die Domkirche mit, damit ich den hochangesehenen Dompropst Sommerkaer hören sollte. Mein Vater war ein gläubiger Mann und erfreute sich deshalb in den besseren Kreisen der Stadt allgemeiner Achtung. Es geschah gar nicht so selten, daß der Dompropst nach beendetem Gottesdienst zu uns kam, ein paar Worte mit meinem Vater wechselte und, während er gleichsam segnend seine Hand auf mein Haupt legte, liebevoll sagte, es sei gut, mich beizeiten daran zu gewöhnen, Gottes Haus zu suchen; er freue sich darauf, mich einmal, so Gott wolle, als Diener der Kirche zu sehen.

Es fiel mir gar nicht ein, Einwendungen gegen die Bestimmung meines Vaters hinsichtlich meiner Zukunft zu machen, und als ich das Abiturientenexamen mit Aufzeichnung bestanden hatte – allerdings mit großer Mühe (es war gewissermaßen, als hätte ich mich zu früh entwickelt und sei jetzt auf einem toten Punkt angekommen), kam ich nach Kopenhagen in Kost und Quartier zu einer Pastorswitwe mit drei unverheirateten Töchtern, von denen die älteste siebenundzwanzig, die jüngste siebzehn Jahre alt war.

Frau Bragesen war eine hervorragend tüchtige Frau, die unter schwierigen Verhältnissen, nachdem sie in jungen Jahren Witwe geworden war, ein nettes kleines Heim aufrechterhalten und ihren Töchtern eine musterhafte Erziehung gegeben hatte – alles nur mit Hilfe ihrer bescheidenen Pension, einigen Legaten, Freiplätzen in der Schule, dem Zuschuß von einem Pensionär, einer kleinen Leibrente und ein bißchen Unterstützung seitens wohlhabender Verwandter. In den kirchlichen Kreisen, wo ich dank der Empfehlung unseres Dompropstes und als Nachkomme meines berühmten

Großvaters verkehrte, wurde von Frau Bragesen denn auch immer mit großer Wertschätzung gesprochen.

Aber Leute, die oberflächlich urteilten und nicht bedachten, was sie erduldet und erlitten hat, waren leicht geneigt, ihr anscheinend wehleidiges, klagendes Wesen mißzuverstehen. Auch war es – so komisch es klingt – für ihren Ruf von Nachteil, daß sie so ungewöhnlich beleibt war. Man hielt sich auch darüber auf, daß sie die Dienstmädchen so häufig wechselte. Ich indes, der ihre Hausführung am besten kennen mußte, kann versichern, daß sie nicht schlecht gegen ihre Mädchen war. Freilich gab es für ein Mädchen für alles viel zu tun in einem Hause, wo die Frau durch ihre Korpulenz am Mithelfen verhindert war und die Töchter eigene Pflichten hatten. Auch der Lohn konnte nicht sonderlich hoch sein, und von allzu vielen Freiabenden konnte selbst bei Frau Bragesens bestem Willen nicht die Rede sein. Außerdem war sie der Ansicht, daß ein junges Mädchen in einer großen Stadt wie Kopenhagen lieber nicht allzuviel Gelegenheit haben sollte, abends umherzuschwärmen, und daß es besser für sie sei, ein gutes Buch zu lesen, wenn einmal Zeit dafür übrig war. Das einzige, was man ihr meiner Ansicht nach in ihrem Verhältnis zu den schnell wechselnden Dienstmädchen vorwerfen konnte, war, daß sie bei den Mahlzeiten die Fehler der Mädchen allzu laut kritisierte. Es war nicht zu vermeiden, daß das Mädchen, das aus und ein ging, hörte, daß von ihm die Rede war. Das wirkte etwas peinlich, und ich gestehe, daß es mich persönlich oft verdroß, wenn Frau Bragesen, unmittelbar nach dem Tischgebet, das ich auf ihren Wunsch übernommen hatte, sogleich eine so weltliche Konversation begann. Aber freilich, darin hatte sie recht, daß Dienstboten nicht mehr das waren, was sie einst gewesen sind, und daß sie Ansprüche stellten, die man früher unerhört gefunden hätte, zum Beispiel einen Ofen in ihrem Zimmer, obwohl es doch in der Küche warm genug war.

Aber eine ausgezeichnete Mutter war Frau Bragesen. Wie sie diese Mädchen liebte, und wie ihre Gedanken unausgesetzt zärtlich mit ihnen beschäftigt waren! Selten hat wohl eine Mutter ihre Kinder so behütet. Selbst mit einem bereits damals jungen Mädchen allgemein erlaubten Vergnügen wie Schlittschuhlaufen konnte sie sich nicht befreunden. Ich sprach einmal mit ihr darüber – wie ich gestehe, auf Bitten der Jüngsten, die das mütterliche Verbot unbegreiflich fand. Und obgleich ich ihr nicht ganz recht geben konnte, mußte ich doch zugeben, daß in ihren Schlußfolgerungen manches Richtige lag. »Erstens,« sagte sie, »finde ich es unverantwortlich, daß man junge Mädchen mit Gott weiß wem zusammenkommen läßt. Und wenn man auch jemanden zum Aufpassen mitschickt, ist es doch unmöglich, zu verhindern, daß sie davonlaufen und womöglich mit ganz unbekannten Herren ins Gespräch geraten. Außerdem sind die Bewegungen, die ein junges Mädchen beim Schlittschuhlaufen machen muß, alles andere als graziös und schicklich. Rund herausgesagt, man sieht zu viel von ihren Beinen. Ich weiß, daß manche mich zimperlich nennen werden. Ich habe ja auch davon gehört, daß es in Frankreich und anderen Ländern Mode geworden ist, daß junge Herren und Damen zusammen baden. Ich für meinen Teil sage: Mögen sie im Auslande alle Sitte und Scham über Bord werfen. Wir aber leben doch zum Glück in einem Lande, wo eine derartige Verworfenheit kaum jemals Fuß fassen wird. In meiner Jugend existierte der Begriff Beine nicht für junge Mädchen. Man konnte zur Not von den *Füßen* eines jungen Mädchens sprachen, aber mehr wirklich nicht.«

Wie gesagt, ich muß zugeben, daß Frau Bragesen in ihrer Verurteilung des modernen sogenannten Freisinns recht hatte. Aber vielleicht ging sie in ihrer mütterlichen Sorgfalt doch etwas zu weit. Ich bin nicht sicher, ob nicht die strenge Abgesondertheit, in der die Mädchen gehalten wurden, Schuld daran trug, daß keine der beiden ältesten einen Mann gefunden hatte. Beide waren sie noch recht ansehnlich und früher mochten sie geradezu schön gewesen sein. Tüchtig und geschickt waren sie auch, die eine unterrichtete in einem Kindergarten, die andere stickte für ein Geschäft. Und herzensgut waren sie, wenn zuweilen auch ihre Lebensanschauungen etwas bitter waren. Es tat mir oft geradezu leid um sie. Sie hatten einen guten liebevollen Gatten und ein gemütliches Heim verdient. Vielleicht ist es ein Irrtum von mir – denn gewissermaßen konnten sie es sich ja nicht besser wünschen, als sie es hatten –, aber ich glaubte ihnen manchmal anzumerken, daß sie nicht ganz zufrieden waren. Es äußerte sich unter anderm darin, daß sie oft spitze Bemerkungen machten in bezug darauf, daß Ingeborg, die Jüngste, verwöhnt werde und weit mehr tun dürfe, als sie in ihrem Alter gedurft hatten. Und das war nicht etwa, weil sie ihre kleine Schwester nicht leiden mochten. Im Gegenteil, sie liebten und bewunderten sie wie jeder, der Ingeborg kannte.

Etwas so Reizendes, wie Ingeborg damals war, kann man sich nicht vorstellen. Sie war der Sonnenstrahl des Hauses, durch ihr fast himmlisch schönes Äußeres, wie auch durch ihre gottgesegnete Heiterkeit.

In diesem vortrefflichen Heim, unter vier feinen, warmherzigen Frauen, verlebte ich sechs glückliche Jahre, bis ich Kandidat wurde – zur Enttäuschung meines Vaters leider nur mit Zensur Zwei, was die Hoffnung auf eine besonders hervorragende Stellung innerhalb der Kirche völlig ausschloß. Aber ich tröstete mich damit, daß ein Diener des Herrn auch in einer bescheidenen Stellung zum Segen für viele wirken kann. Hinzu kam, daß ich überaus glücklich war, denn kurz zuvor war Ingeborg mein geworden.

Allein, ich greife vor.

Mir gegenüber war Frau Bragesen wie eine dritte Mutter. Nicht, daß ich jemals Neigung zu irgendwelchen Ausschweifungen in mir gefühlt hätte, aber ich darf sagen, daß ich es ihr verdanke, wenn ich in diesen schwierigen Jugendjahren, wo man sogar auf Straßen und Gassen allerlei Versuchung ausgesetzt ist, meinen Pfad rein erhielt. Nicht zum mindesten lernte ich durch sie Respekt und Bewunderung für das echte Weib und seinen erhabenen Beruf – zuerst als liebende Tochter, später als Gattin und Mutter. Durch Frau Bragesen lernte ich auch Genügsamkeit in Speise und Trank, lernte, daß man nicht den Bauch zu seinem Gott machen soll. Es verursachte ihr geradezu Pein, daß die Natur ihr diese Neigung zur Korpulenz gegeben hatte. Mehrmals hatte sie trotz großem Leiden und obwohl der Arzt erklärte, sie könne es nicht vertragen, eine Entfettungskur versucht. Sie pries uns andere glücklich, die wir nicht stets an Speise und Trank zu denken brauchten. Es wäre ungerecht, über die Kost in ihrem Hause zu klagen. Sie war bekömmlich, im großen und ganzen wohlschmeckend und entsprach den Vorschriften, die eine damals beginnende Ernährungshygiene zur Vermeidung von Überernährung anordnete. Die für sie und ihre Konstitution erforderlichen kleinen Extramahlzeiten nahm sie rücksichtsvoll zu den Stunden ein, wo wir nicht zugegen waren.

Ich kehre zurück zu Ingeborg. Daß ich sogleich entzückt von ihr, ja verliebt in sie war, war ja nur natürlich. Das Sonderbare war, daß sie, obgleich ich, wie ich wohl wußte, nicht mit den Eigenschaften ausgezeichnet war, die in der Regel Eindruck auf junge Mädchen machen, mir ein gewisses Interesse entgegen brachte. Sie verriet das auf die schönste und züchtigste Weise durch Blick und Händedruck und die Art, wie sie meinen Berichten über dieses oder jenes Buch oder über eine besonders interessante Vorlesung auf der Universität lauschte.

Unser Leben glitt in stiller, häuslicher Gemütlichkeit dahin. Dann und wann kamen ein paar weibliche Bekannte, zumeist Witwen und ältere, unverheiratete Damen aus gebildeten Familien, zum Nachmittagskaffee mit Kuchen, und diese kleinen Festlichkeiten, so bescheiden sie auch waren, konnten sehr lustig sein.

Zu öffentlichen Vergnügungen hatten wir alle nicht die Mittel. Ab und zu wurde wohl eine der Töchter von wohlhabenden Freunden oder Verwandten zu einem Konzert oder einer Theatervorstellung eingeladen. Ihrer Fülle wegen konnte Frau Bragesen nicht gut mit dabei sein (sie vertrug es weder zu Fuß zu gehen noch Omnibus zu fahren). Zweimal im Jahre aber veranstaltete sie eine größere Festlichkeit, zu der ich immer eingeladen wurde. Die eine war im Winter und galt einer Vorstellung im königlichen Theater, die andere war im Sommer und galt einem Ausflug in den Tiergarten. Bei beiden Gelegenheiten spendierte sie eine Droschke, und ich mußte auf dem Bock sitzen. Denn im Fond neben Frau Bragesen war kaum Platz genug für die schlanke Ingeborg, und Frau Bragesen mochte nicht, daß ich zwischen den beiden andern Töchtern saß, weil ich unwillkürlich in nahe Berührung mit ihnen kommen würde.

Mit welcher Dankbarkeit erinnere ich mich dieser schönen, unschuldsreinen Vergnügungen, die nur durch den einzigen Mißton getrübt wurden, daß Frau Bragesen auf der Fahrt in den Wald infolge der Hitze und der ihr ungewohnten Bewegung einen heftigen Anfall von Kolik bekam, oder daß nach dem Theater im Kaffeehause die beiden älteren Schwestern sich um ein Stück Butterbrot stritten, das jede für sich ausersehen hatte.

Zum Dank für alles Gute, das ich in Frau Bragesens Haus genoß, versuchte ich, mich nach geringem Können erkenntlich zu zeigen.

Leider konnte ich so wenig tun. Aber ich konnte ihr doch diese und jene Besorgung abnehmen, die sie nicht allein erledigen konnte; ich tauschte ihr Bücher in der Leihbibliothek um und holte die Töchter abends ab, wenn sie eingeladen waren, ebenso wie ich die alten Damen, die Frau Bragesen besuchten, abends nach Hause begleitete. Auf diese Weise ersparte ich der Familie und ihren Freunden so manchen kleinen Betrag für Pferdebahn und Omnibus.

Ganz besonders brannte ich natürlich darauf, Ingeborg kleine Aufmerksamkeiten erweisen zu können. Allein hier galt es, mit Takt und Vorsicht vorzugehen, damit die anderen sich nicht zurückgesetzt fühlten.

Ich entsinne mich einer Gelegenheit, wo ich den anderen Schwestern leider eine Kränkung zufügte, die sie jedoch auf liebenswürdige Weise zu verbergen trachteten. Mein Vater hatte mir zu meinem Geburtstag zehn Kronen geschickt, und es traf sich, daß das königliche Theater wenige Tage später das schöne nationale Schauspiel »Der Elfenhügel« aufführte. Mit zehn Kronen konnte ich zwei Parkettplätze zu erhöhtem Preis, die Pferdebahn hin und zurück, eine Tüte Konfekt und nachher im Kaffeehause Tee und Kuchen bestreiten.

Wie gern hätte ich die ganze Familie eingeladen! Aber davon konnte nicht die Rede sein. Ich meinte ja auch, es ginge, daß ich Ingeborg allein aufforderte, denn sie war die einzige der Schwestern, die das herrliche Stück noch nicht gesehen hatte.

Leicht war es nicht, Frau Bragesens Erlaubnis zu erhalten, und auch die beiden älteren Schwestern äußerten allerlei Bedenken. Vielleicht beurteile ich sie falsch, allein ich hatte das Gefühl, als entsprängen diese Einwendungen bis zu einem gewissen Grade ihrer Verletztheit.

Nach einer langen Unterredung erreichte ich es endlich doch, daß Ingeborg mit mir ins Theater durfte. Freilich fiel ein kleiner Schatten auf meine Freude, als Frau Bragesen mir streng verbot, sie nachher ins Café einzuladen. Zu Hause sollten Tee und Kaffee auf uns warten. Das ersparte mir, wie Frau Bragesen sagte, eine unnütze Ausgabe. Und sie könne außerdem gar nicht verstehen, wie ich auf einen so leichtfertigen Gedanken gekommen sei, ein junges Mädchen ins Kaffeehaus zu führen, wenn die Familie nicht dabei war.

Wie so oft mußte ich ihr auch hierin recht geben, so enttäuscht ich auch war.

Dennoch wurde es ein wundervoller Abend. Wie genoß ich es, mit dem schönen jungen Mädchen allein unter lauter unbekannten Menschen zu sitzen und die Phantasiewelt der Kunst auf mich wirken zu lassen! Auch Ingeborg unterhielt sich recht gut, obwohl das Stück sie lange nicht so ergriff wie mich. Schelmisch und übermütig, wie sie war, sagte sie, daß sie lieber etwas richtig »Schneidiges« gesehen hätte. »Schneidig« war damals gerade ein sehr beliebter Ausdruck unter den Jungen – ich für meinen Teil fand ihn ein wenig vulgär – aber Ingeborg kleidete eben alles. Ein paarmal mußte ich sie auch zur Ruhe ermahnen, besonders in dem Augenblick, als König Christian IV., gerade bei seinen erhabensten Worten, seinen Federhut verlor. In ihrer jugendlichen Heiterkeit brach sie in Lachen aus. Als ich ihr jedoch später erklärte, daß kultivierte Zuschauer sich von einem solchen Mißgeschick nicht aus der Stimmung bringen lassen, verstand sie mich und gab mir recht.

Die Jahre vergingen in unverändert stillem Zusammensein. Der Gedanke an eine Verheiratung der beiden älteren Schwestern mußte nun wohl als ausgeschlossen gelten. Sicher dachten sie selbst auch nicht mehr daran. Sie hatten ja ihren Beruf und widmeten sich neben ihrer Arbeit manchem schönen Liebeswerk, das ihnen Ersatz gab für den Segen, den sie über ein eigenes Heim verbreitet hätten. Mit unermüdlicher Opferwilligkeit beteiligten sie sich an der Samaritertätigkeil, die gerade in diesen Jahren von gutherzigen Männern und besonders Fraaen gebildeter Stande ins Werk gesetzt wurde – oft übrigens von Menschen, denen es selbst recht dürftig ging. Es war erhebend, sie von dem Glück der Armen erzählen zu hören, wenn sie an den langen Tischen tafelten und die gute warme Grütze und die dicken, soliden Brotschnitten von den seinen Damen serviert erhielten, die so tröstend und liebreich mit ihnen sprachen.

Unterdes hatte Ingeborg, die mit jedem Tage schöner wurde, ihre Ausbildung in Stenographie und Handelskorrespondenz vollendet und eine ausgezeichnete Stelle mit einem Monatsgehalt von fünfzig Kronen in einem unserer feinsten Geschäfte bekommen.

Somit schien alles licht und glücklich. Bis plötzlich Ingeborg eines Tages wie verwandelt war. Erst war sie eine Zeitlang übermütig, fast unnatürlich heiter gewesen und hatte sich mit einer Eleganz gekleidet, die in dem sonst so bescheidenen Hause auffallend wirkte. Einmal überraschte ich sie und ihre Mutter bei einer Debatte über ihre Toilettenausgaben. Ich hörte, daß die Mutter sie freundlich, aber ernst fragte, woher sie denn das Geld zu all dem Staat nehme. Ich hörte auch Ingeborgs durchaus glaubwürdige Erklärung, daß ihr Chef ihr als Belohnung für ihre Tüchtigkeit und ihren Fleiß eine nicht unbedeutende Gratifikation gegeben und ausdrücklich den Wunsch geäußert habe, daß sie sich schöne Kleider dafür kaufen solle, damit sie hinter den drei andern jungen Mädchen im Kontor, die alle aus wohlhabenden Familien waren, nicht zurückzustehen brauche. Das einzige, was mich wunderte, war nur, daß Ingeborg der Mutter diese frohe Neuigkeit nicht sogleich erzählt hatte. Aber ich dachte dann: vielleicht hat sie gefürchtet, die sparsame Mutter möchte ihr raten, nur einen Teil des Geldes für Kleider auszugeben, und wer will es einem schönen jungen Mädchen verargen, wenn es gern schöne Kleider und Stiefel und Hüte haben möchte. (Später, als ich Ingeborgs Vertrauen gewann, zeigte sich denn auch, daß meine Vermutung vollkommen richtig gewesen war.)

Zweifellos war diese Periode eine für Ingeborg sehr glückliche, auch wenn sie sie ein wenig um das harmonische Verständnis mit Mutter und Schwestern brachte.

Dann aber kam eine Zeit, wo ihr ganzer Humor wie verschwunden war. Wie habe ich in diesen Monaten gelitten! Wie traurig war es, das sonst so lebensfrohe Mädchen bleich und vergrämt zu sehen, oft mit Tränenspuren. Sie saß still in einem Winkel, ohne ein Wort zu sprechen; und sobald der Tee getrunken war, ging sie zu Bett. Ich wollte nicht aufdringlich sein, allein eines Tages, als wir beide allein im Wohnzimmer waren, konnte ich mich nicht enthalten, sie nach dem Grunde ihres Kummers zu fragen. Ich sagte ihr, wenn ich ihr irgendwie helfen könne, so könne sie sich ganz auf mich verlassen. Ich wagte sogar hinzuzufügen, wie sehr ich darunter litte, sie unglücklich zu wissen. Sie antwortete mir: »Meinetwegen brauchen Sie nicht betrübt zu sein. Es ist nichts!« Dabei liefen ihr die Tränen über die Wangen, und sie warf mir einen wundersam rührenden Blick zu und drückte mir rasch die Hand. Dann eilte sie aus dem Zimmer.

Ich war ganz verwirrt. Was bedeutete dieser Blick, dieser Händedruck? In mir jubelte es, aber ich wagte es nicht zu glauben: Sollte etwa ich die Veranlassung ihres Grams sein? Ging sie vielleicht und grübelte, ob ich es nicht ernst meinte mit der Verehrung, die ich in geziemender Sittsamkeit für sie an den Tag gelegt hatte?

Ich war wie betäubt. Die Nächte lag ich schlaflos und dachte, ob Ingeborg jetzt ebenso schlummerlos dalag und unsere Gedanken in der Stille der Nacht einander träfen. Aber ich wagte nicht mit ihr zu sprechen und sie zu fragen. Gesetzt, ich hätte mich geirrt! Vergebens bemühte ich mich, durch Mutter und Schwestern Klarheit zu bekommen. Sie antworteten immer dasselbe, daß Ingeborg an Bleichsucht leide und die sitzende Arbeit im Büro anscheinend nicht vertrage. Sie äußerten auch ihre Besorgnis darüber, daß das Geschäft allmählich immer mehr unter die Leitung des Sohnes des alten Chefs gerate, der nicht den besten Leumund hatte. Er war einer der reichen jungen Lebemänner, deren erotische Meriten Gegenstand des städtischen Klatsches waren.

Ich gab ihnen ganz recht, daß es unter diesen Umständen besser sei, wenn Ingeborg sich eine andere Stelle suchte. Und eines schönen Tages ging sie denn auch von da weg. Es schien, als würde sie nun ruhiger, und zu meiner Freude faßte sie immer mehr Zutrauen zu mir. Ich merkte, daß sie Wert darauf legte, vertraulich mit mir zu sprechen – eines Tages gestand sie mir, daß der Grund ihrer Niedergeschlagenheit tatsächlich Überanstrengung gewesen sei, da der junge Chef weit größere Ansprüche gestellt habe als sein alter Vater, und daß sie unter dem frivolen Ton gelitten habe, den er sich gegen die jungen Damen im Geschäft herausnahm. Sie sei, sagte sie, glücklich, aus dem allen heraus zu sein. Und sie wollte sehr ungern eine neue Stelle annehmen, seit sie die Erfahrung gemacht hätte, wie der Ton war und wie wenig Respekt man den jungen Kontoristinnen erwies.

Wenige Monate später wagte ich den entscheidenden Schritt. Eines Abends beim Gute-Nacht-Sagen steckte ich ihr einen zusammengefalteten Zettel in die Hand. Ich sah ihr Erröten, sie warf mir einen langen, innigen Blick zu, aber keiner von den anderen bemerkte etwas.

In meinem Briefchen schrieb ich ihr, daß sie sicher bemerkt haben werde, wie teuer sie mir schon lange sei, und daß sie mir noch teurer geworden sei in der Zeit, in der ich fühlte, daß sie traurig war. Ich schrieb weiter, sie würde mich zu dem seligsten Menschen auf Erden machen, wenn sie die Meine werden wollte, und mein ganzes Streben solle dahin zielen, sie zu beglücken.

Nach einer schlaflosen Nacht ging ich zeitig zum Frühstück, eine Viertelstunde ehe die andern sich einfanden, und ein paar Minuten später kam Ingeborg.

An ihrem reizenden Lächeln erkannte ich sogleich, daß ich gesiegt hatte. Sie sagte kein Wort, aber sie ging auf mich zu und legte mir die Arme um den Hals. Ich saß mit einem Stück gerösteten Brotes in der Hand und wußte weder aus noch ein. Als sie meine Verlegenheit und das geröstete Brot sah, brach sie in das lieblichste Lachen aus, nahm mir das Brot aus der Hand und sagte: »Danke – ich will gern!« Und sie lachte, während ihr die Tränen in den Augen standen.

Dann kamen die anderen herein, und alle lachten vor Freude und weinten vor Rührung. Sie hatten wohl alle eine Ahnung gehabt, dennoch waren sie alle sehr ergriffen. Es endete damit, daß wir uns auf Wunsch von Frau Bragesen in einem Dankgebet vereinigten und Ingeborgs Lieblingspsalm sangen: »Herr Gott, dich loben wir!«

Meines bevorstehenden Examens wegen hatten wir keine Zeit zu vielen Verlobungsvisiten, aber am nächsten Sonntag gingen wir alle gemeinsam zum Tisch des Herrn.

Von Vater, Stiefmutter und der schwerhörigen, leider jetzt fast tauben Schwester trafen herzliche Glückwünsche ein. Auch sie hatten alle geahnt, daß etwas im Entstehen sei, was nicht weiter verwunderlich war, da ich bei meinen Besuchen in der Heimat nicht hatte verbergen können, wie entzückt ich von Ingeborg war.

Mein Vater schrieb, er würde gern nach der Hauptstadt gekommen sein, um uns zu gratulieren und meine reizende Braut kennen zu lernen. Leider aber sei er in letzter Zeit kränklich. Der Arzt meine, es sei mit den Nieren etwas nicht in Ordnung. Als Beweis seiner rührenden Freude, mich in einem guten Hafen zu wissen, schloß er den Brief mit dem Versprechen, Ingeborg und mir fünftausend

Kronen zur Aussteuer zu schenken. »Daß ich dir eine so große Summe anbieten kann,« fügte er hinzu, »verdanken wir deiner Stiefmutter. Durch ihre konsequente Sparsamkeit hat sie erreicht, daß meine Lage jetzt einigermaßen gesichert ist. Die fünftausend Kronen sind selbstverständlich ein Vorschuß auf dein Erbteil, aber wenn es so weiter geht wie bisher, wird im Lauf der Jahre noch eine nette kleine Summe für dich und deine Ingeborg abfallen – oder vielleicht für eure Kinder.« Diese letzten Worte des Briefes – ein Ausfluß von Vaters vielleicht allzu überströmender Freude über die Verlobung – habe ich Ingeborg und den andern natürlich nicht vorgelesen.

Daß ich mein Examen mit Zensur Zwei bestand, war wohl eine Folge der Gemütsbewegungen, die ich in der letzten Zeit durchgemacht hatte.

Allein weder Ingeborg noch mich focht es weiter an. Wir sehnten uns nur danach, bald unser eigenes Heim zu gründen. Nicht daß das Zusammenleben mit Mutter und Schwestern Ingeborg weniger beglückte als früher. Aber welches verliebte junge Mädchen träumt nicht davon, für sich und den Erkorenen das eigene Nest zu bauen! Außerdem schien es, als sehnte sie sich, von Kopenhagen fortzukommen, hinaus aufs Land, in die freie Natur. Sie war erst sechs Jahre alt gewesen, als ihr Vater starb, aber die Kindheitserinnerungen an den Pfarrhof und den Pfarrgarten standen in wundersamem Paradiesesglanze vor ihr.

Es war in jenen Jahren Mangel an Kandidaten der Theologie, und schon ein Jahr nach meinem Examen bekam ich auf Verwendung unseres Dompropstes eine kleine Pfarre in Nordjütland.

Große Einnahmen waren nicht damit verbunden. Aber es war ein gemütliches altes Pfarrhaus und ein schöngepflegter Garten mit vielen guten Obstbäumen.

Dank den fünftausend Kronen von meinem Vater brauchten wir uns wegen der Aussteuer keine Sorge zu machen. Außerdem bekam Ingeborg durch die Verbindungen ihrer Mutter noch ein Aussteuerlegat von zweitausend Kronen aus einer Unterstützungskaffe für Töchter von Pfarrerwitwen. Sie hatte auch noch manche Reste von den eleganten Sachen, die sie sich seinerzeit von der reichen Gratifikation ihres alten Chefs gekauft hatte.

Eine anmutigere Braut als Ingeborg kann man sich nicht denken. Der natürliche Schmerz über die Trennung von Mutter und Schwestern, welcher bewirkte, daß sie bleich war wie ein Heiligenbild und unaufhörlich weinte, so daß ihr Ja bei der Trauung fast unhörbar wurde – die Trauung vollzog mein treuer alter Gönner, der Dompropst – machte sie nur noch schöner.

Das Hochzeitsessen fand im engsten Kreise statt. Infolge der Krankheit meines Vaters konnte auch meine Stiefmutter nicht an der Hochzeit teilnehmen. Meine Familie war daher nur durch meine Schwester vertreten, die sich aus Anlaß der Feierlichkeit ein Hörrohr gekauft hatte. Von Fremden war nur der Dompropst anwesend.

Ich nahm bei Tisch die Gelegenheit wahr, meiner Schwiegermutter und meinen Schwägerinnen, so warm ich vermochte, meinen Dank auszusprechen, und ich darf sagen, daß das Fest so schön wie nur möglich verlief. Leider wurde meiner Schwiegermutter, die gewohnt war, ihre Mahlzeiten in kleinen Portionen in kurzen Zwischenräumen einzunehmen, ein wenig übel, weil sie soviel auf einmal aß. Zudem war sie nicht gewohnt, Champagner zu trinken, aber mein Vater hatte in seiner Güte ein paar Flaschen zum Fest geschickt, und da sie als Wirtin mit uns allen anstoßen mußte und der Wein ihr mundete – kein Wunder, da es die feinste Marke war, die Vater in seinem Laden führte – bekam sie während des Vanilleeises einen so heftigen Anfall von Kolik, daß sie sich zurückziehen mußte und nur knapp imstande war, uns eilig Lebewohl zu sagen.

Ich habe oft die Beobachtung gemacht, daß die erste Zeit einer Ehe nicht die glücklichste ist. Darin ist nichts Merkwürdiges: man bedenke die Schamhaftigkeit der jungen Braut, die unwillkürliche Angst der reinen Jungfrau vor dem Schmerz und der Wonne der Hingabe.

Jedoch bloß Ingeborg mein Weib nennen zu dürfen, allein mit ihr zusammen zu sein, an ihrer Seite zu ruhen, war ein Glück, das sich nicht beschreiben läßt.

Und dann wurde es ja auch anders. Jedoch kurz darauf war es, als gehe mit Ingeborg eine Veränderung vor. Sie, die früher nichts von Krankheit gewußt hatte, begann an nervösen Kopfschmerzen und anderen Beschwerden zu leiden. Immer war sie gleich anmutig, allein ihre fortgesetzte Kränklichkeit bewirkte, daß sie nicht, wie ich so unendlich gewünscht hätte, an meiner Arbeit in der Gemeinde teilnehmen konnte. So gut sie sonst war, sie konnte sich nicht überwinden, mit den Bewohnern des Kirchspiels Umgang zu pflegen. Und da diese guten Leute für ihre Krankheit kein Verständnis hatten, kam sie, die arme, liebe, gute Ingeborg, in den Ruf, hochmütig und ablehnend zu sein. Der Arzt, ein vortrefflicher älterer Mann, zu dem ich gleich in freundschaftliches Einvernehmen trat, meinte, ihre Krankheit rühre daher, daß sie in anderen Umständen sei. Aber ach! Der Herr, der uns so viel Segen zuteil werden ließ, meinte wohl, daß wir nun einer Prüfung bedürften: nach wenigen Monaten wurde Ingeborgs Hoffnung unter großen Schmerzen zunichte. Daß sie des unsäglichen Glückes der Mutterschaft verlustig ging, machte seltsamerweise keinen so schrecklichen Eindruck auf sie, wie ich gefürchtet hatte. Im Gegenteil, sie schien gleichsam wieder aufzuleben. Allein eine unüberwindliche Angst vor einer neuen Schwangerschaft blieb in ihr zurück. Dazu fühlte sie sich auch keineswegs kräftig genug.

Sie bat und flehte deshalb, ihr eigenes Schlafzimmer zu bekommen, und selbstverständlich mochte ich nicht nein sagen. Ich hoffte, daß es nur eine schwierige Übergangsperiode sein würde.

Leider war dem nicht so. Sie wurde immer leidender, ohne daß eine eigentliche Krankheit nachweisbar war. Und merkwürdigerweise zeigten sich auch keine direkten Krankheitssymptome. Ihr Appetit war sogar bedeutend besser als früher, und sie, die ehemals so elfenhaft schlank gewesen war, begann bis zur Fettleibigkeit zuzunehmen. Das letztere kam wohl von ihrem vielen Im-Bett-Liegen. Sie fühlte sich nämlich immer so müde, daß das Aufstehen sie große Überwindung kostete. In der Regel war sie erst um zwei oder drei Uhr angekleidet.

Natürlich litt ich angesichts der Krankheit meiner armen, schönen Frau, allein dafür hatte mir ja der Herr eine neue große und schöne Aufgabe zuerteilt, Ingeborg während ihrer Krankheit auf jegliche Weise zu helfen und beizustehen, sie ihr zu erleichtern, indem ich ihr alle mögliche Aufmerksamkeit erwies und alle ihre kleinen Wünsche erfüllte, selbst wenn ich mir deswegen eine Entbehrung auferlegen mußte. Aber das tat ja gar nichts. So hatte Ingeborg in ihrer Krankheit ein unüberwindliches Verlangen nach seinen Parfüms und – was früher nie der Fall gewesen war – nach Wein und Likören. Dadurch, daß ich das Rauchen aufgab, was mir ja nur zuträglich war, ersparte ich soviel, daß ich ihre kleinen Wünsche erfüllen konnte. Und welche Freude war es für mich, wenn es mir gelang, einen Wohlgeruch oder einen Wein ausfindig zu machen, der ihr behagte! Zuweilen kam es auch vor, daß ich, der in diesen Dingen keine Erfahrung hatte, mir etwas aufschwatzen ließ, was sie nicht recht vertrug. Mit welcher Nachsicht versuchte sie in solchen Fällen ihre Enttäuschung zu verbergen!

Das Schlimmste war, daß Ingeborgs Krankheit sie hinderte, sich des Hauswesens anzunehmen. Wir versuchten es mit Stützen der Hausfrau, allein Ingeborg, obgleich zumeist bettlägerig, behielt sie scharf im Auge und fand sie untauglich. Weder ihr Kochen noch ihr Aufräumen konnte sie zufrieden stellen. Ich sollte, wie sie sagte, nicht darunter leiden, daß ich eine kränkliche, zarte Frau besaß.

Nun war unterdes mein lieber, alter Vater zur ewigen Ruhe eingegangen. Zu meinem Schmerze konnte Ingeborg nicht an dem Begräbnis teilnehmen. Ich selbst habe ihm die Grabrede gehalten, und auch der Dompropst sprach ein paar herzliche, für uns Hinterbliebenen tief tröstliche Worte.

Bei dieser Gelegenheit fragte ich meine Schwester, ob sie zu uns auf den Pfarrhof kommen und die Führung des Hauswesens übernehmen wolle. Augenscheinlich hatte sie große Lust. Der Gedanke, mit unserer Stiefmutter zusammen zu bleiben, behagte ihr nicht, obgleich sie es an und für sich sehr gut bei ihr hatte. Unsere Stiefmutter beabsichtigte, das Geschäft, zu dem sie sich ja vorzüglich eignete, weiterzuführen, und meine Schwester hätte mit dem kleinen Haushalt dann keine sonderliche Mühe gehabt. Außerdem hatte meine Schwester ja eine erkleckliche Summe geerbt, so daß sie, wenn sie nicht mit Fräulein Jensen zusammenblieb, sich bei einiger Sparsamkeit ein eigenes kleines Heim errichten konnte.

Allein mein und meiner Schwester Plan fand keineswegs Ingeborgs Beifall, und ich mußte ihr in ihren Bedenken recht geben. Taub, wie meine Schwester war, wäre es ihr schwer gefallen, das Gesinde zu beaufsichtigen, und schwach, wie Ingeborg sich fühlte, wäre es ihr eine tägliche Qual gewesen, mit einem tauben Menschen verhandeln zu müssen.

Dagegen schlug Ingeborg vor – und ich wundere mich, daß eine so naheliegende Idee mir nicht schon lange gekommen war–, daß wir eine meiner Schwägerinnen bitten wollten, zu uns zu ziehen.

In ihrer Herzensgüte gingen meine Schwiegermutter und meine Schwägerinnen auf unseren Wunsch ein. Die Älteste kam zu uns. Das war eine große Hilfe für Ingeborg. Dank dem Rest meines Erbteils konnte ich mir diese vergrößerte Ausgabe leicht gestatten. Denn selbstverständlich schuldete ich ja meiner Schwägerin vollen Ersatz für die Stellung in dem Kindergarten, die sie um unsertwillen aufgab.

Auch für mich war es angenehm, meine Schwägerin im Hause zu haben. Mit großer Tüchtigkeit ordnete sie alles und konnte mit seinem weiblichen Verständnis weit besser als ich beurteilen, was Ingeborg brauchte. Bisher hatte ich mein Schlafzimmer neben dem Ingeborgs gehabt. Begreiflicherweise bezog es nun meine Schwägerin, um stets zur Hand zu sein, falls Ingeborg irgendeine Hilfe brauchte. Und da wir nur diese beiden richtigen Schlafzimmer hatten, wurde es so eingerichtet, daß man mir abends in meinem Studierzimmer ein Lager aufschlug.

Ich hatte keinen Grund, zu klagen. Es ging mir so gut, wie es mir nur gehen konnte, abgesehen von der Sorge, die Ingeborgs stetig zunehmende Kränklichkeit mir verursachte. Leider konnte ich sie jetzt nicht mehr so häufig sehen wie früher. Sie war nur wenige Stunden außer Bett, oft blieb sie den ganzen Tag liegen. Und da sie es nicht vertrug, viel zu sprechen, und meine Schwägerin stets um sie war, gab es Tage, wo ich ihr nur einen ganz kurzen Besuch machen durfte.

Frauen sind bewunderungswürdig. Ich konnte meiner Schwägerin für ihre unermüdliche Sorge um Ingeborg nicht dankbar genug sein. Auch mir war sie eine Erholung und Zerstreuung. Mit feinem weiblichen Takt bewog sie mich nach und nach, von meinen vielen schlechten Angewohnheiten zu lassen. So ordnete sie täglich meinen Schreibtisch, auf dem bisher alles Mögliche herumgelegen hatte, bis ich selbst einsah, wie verkehrt ich früher alles angefaßt hatte. Sie übernahm die Verwaltung meiner Geldangelegenheiten und ersparte mir dadurch zweifellos viele unnütze Ausgaben. Zum Beispiel brachte sie System in meine bescheidene Wohltätigkeit. Es fiel mir immer so schwer, nein zu sagen, wenn ein Bettler kam. Meine Schwägerin, deren Güte sicher größer war als die meine, führte das gewiß sehr richtige Prinzip ein, einem vagabondierenden Bettler niemals bares Geld zu geben. Wenn man ihm ansehen konnte, daß er wirklich hungrig war, gab sie ihm reichlich zu essen, allein Geld, das er wohl nur für Branntwein ausgab, niemals! Sie schaffte auch die Sitte der Bewirtung mit Kaffee und selbstgebackenem Kuchen ab, die noch von meinen Vorgängern her Sonntags nach dem Gottesdienst üblich gewesen war. Es war ja wirklich, wie sie sagte, noch eine alte Unsitte aus jener Zeit, wo der Geistliche der Matador des Sprengels gewesen war. Jetzt, wo die Bauern oft viel reicher waren als ihr Pastor, schickte es sich nicht mehr. Und namentlich hatte es keinen Sinn in einem Pfarrhause, wo die Frau krank lag und nicht als Wirtin auftreten konnte. Im Sommer hatten wir es besonders gemütlich, so gemütlich, wie es bei Ingeborgs Krankheit überhaupt sein konnte. Wir erhielten den Besuch meiner lieben alten Schwiegermutter, die allen Beschwerlichkeiten der Reise trotzte, um ihre geliebten Kinder zu sehen, und meiner andern Schwägerin. In der Regel erfreuten auch meine Stiefmutter und meine Schwester uns durch einen mehrwöchigen Besuch.

Jetzt hatten wir Platz, denn ich vergaß ganz, zu berichten, daß ich nach fünfzehn Jahren eine weit bessere Pfarre bekam, dieselbe, die ich noch jetzt inne habe.

Die Zeit vergeht – die Zeit bringt Veränderung. Zuerst starb meine Schwiegermutter. Sie starb bei uns. Trotz ihrem hohen Alter und ihrer Gebrechlichkeit hatte sie es riskiert, Ingeborg noch einmal zu besuchen. Aber so viel ich mich erinnere, hatte sie auf dem Schiff eine Portion Spickaal gegessen, den sie nicht vertragen konnte. Sogleich nach der Ankunft im Pfarrhofe mußte sie sich legen und stand nicht mehr auf.

Die teure Frau, deren ganzes Leben Aufopferung gewesen war, starb als ein Opfer ihrer Mutterliebe. Wir begruben sie auf unserem schönen kleinen Kirchhof.

Ihr Tod machte einen erschütternden Eindruck auf die arme Ingeborg, die nun allmählich ungefähr ebenso dick geworden war wie ihre Mutter. Und wenige Monate später starb auch sie. Der Herr sei gepriesen, er schenkte ihr einen sanften Tod. Noch abends vorher genoß sie eine Tasse Bouillon und ein halbes Küken. Dann legte sie sich zum Schlafen zurecht, nachdem sie einige der Schlafpulver genommen hatte, die ihr vom Arzt des Herzklopfens wegen, das sie zuletzt sehr quälte, verordnet worden waren. Um fünf wurde ich geweckt und kam gerade noch zurecht, ihren Abschiedsgruß zu empfangen. Während die Tränen still über ihr einst so schönes Gesicht rannen, sprach sie: »Vergib mir!« Schluchzend kniete ich vor ihrem Bette: »Ingeborg, du hast mich doch nicht um Vergebung zu bitten – du hast mich so unendlich glücklich gemacht!« Sie warf mir einen letzten Blick zu – seltsamerweise einen fast heiteren Blick: dann starb sie. Daß meine zweite Schwägerin nach dem Tode der Mutter zu uns zog, war ja nur begreiflich. Und jetzt, da Ingeborg tot war und die Taubheit meiner Schwester niemanden mehr stören konnte, siedelte auch sie ins Pfarrhaus über. Seit einigen Jahren habe ich sogar die Freude, Fräulein Jensen – ich meine meine Stiefmutter –, die allgemach zu alt geworden war, um das große Geschäft leiten zu können, bei mir zu beherbergen. Sie sowohl als meine Schwester bezahlen reichlich für ihren Aufenthalt, so daß wir in keiner Hinsicht über Mangel klagen können.

Abgesehen von Ingeborgs Verlust geht es mir so gut, wie ein Mann es nur wünschen kann.

Vier liebevolle Frauen wetteifern darin, mir meine alten Tage mild und glücklich zu gestalten. Wahrlich, ich kann sagen: Wie ich vom Weibe geboren bin, so ist mein ganzes Leben vom Weibe gesegnet. Weiche Frauenhände haben mich von meinen zarten Kinderjahren an bis in mein hohes Alter beschützt und gepflegt und mir ein lichtes, glückliches Leben bereitet.

Aber ich beginne mich müde zu fühlen. Ich sehne mich nach dem Wiedersehen mit der Geliebten meiner Jugend. Ich sehne mich auch nach meinem Vater, nach meiner rechten Mutter, die ich hienieden ja eigentlich nie wirklich gekannt habe. Und nach meiner guten Schwiegermutter. Und später werden mir die andern Lieben ja alle nachfolgen.

Sonderbar übrigens, wie Ingeborg allmählich ihrer Mutter ähnlich wurde. Allein in der Engelschar um den Thron des Höchsten werde ich sie wiedergeboren und verjüngt im Strahlenglanz der Gnade wiederfinden.

Ein Bridgeabend

Der Oberarzt war auf seinem abendlichen Rundgang bis Nummer 5 gekommen, wo Baron Löwendahl residierte. Er traf den Baron im Gesellschaftsanzug – Smoking und schwarzem Schlips – und eben damit beschäftigt, vor einem kleinen Spiegel am Fenster seinen graugesprenkelten Schnauzbart mit Brillantine zu besprengen.

»Ah pardon, lieber Professor,« sagte der Baron, »nur einen Augenblick, ich bin gleich fertig.«

Mit einer kleinen Bürste gab er dem Schnurrbart einen letzten flotten Schwung nach oben, drehte sich um und ging mit herzlich ausgestreckten Händen auf den Oberarzt zu: »Wie es mich freut, Sie zu sehen, lieber Freund. Ich danke Ihnen aufrichtig, daß Sie auch heute nicht an meiner Tür vorbeigegangen sind. Aber so nehmen Sie doch Platz ... Darf ich Ihnen nicht irgend etwas anbieten? Der Diener macht eben eine Besorgung für mich, aber meine Haushälterin kann etwas auftischen. Trinken Sie um diese Zeit Whisky?«

»Tausend Dank,« sagte der Oberarzt und blieb stehen: »Sie dürfen sich wirklich keine Mühe machen. Ich gehe gleich wieder – ich weiß doch, daß Sie Gäste erwarten.«

»Nun ja,« lachte der Baron – »ehrlich gesagt, Herr Professor, tue ich es nicht zu meinem Vergnügen. Ich säße lieber ganz still und schriebe an meinen politischen Memoiren oder malte meine Spatzen an.«

»Ja richtig, Baron, was machen Ihre Spatzen? Ich habe, glaube ich, heute vormittag, als ich im Garten spazieren ging, vor Ihrem Fenster so einen blaugestreiften Schelm gesehen.«

»Höchst sonderbar, denn ich will jetzt erst anfangen. Aber vielleicht ist es einer von den Husaren vom vorigen Jahr. Sie erinnern sich doch noch an die mit den hellblauen Flügeln und dem roten Schnabel und einer blauen Mütze mit weißen Streifen? Ein paar von denen habe ich besonders gründlich behandelt. Ach, die armen Kerle – sie sind so dankbar. Es ist ja auch traurig für sie im Frühling, wenn all die andern Vögel in ihrer Pracht und Herrlichkeit kommen, daß sie dann immer in den grauen Winterkleidern umherhüpfen sollen.«

»Dann haben Sie unsern Freund, den Generaldirektor, auch wohl angemalt?« fragte der Oberarzt. »Mir kommt er in den letzten Tagen mächtig aufgemuntert vor.«

»Das will ich meinen. Unter uns, Professor: er hat in der letzten Woche über eine halbe Million an Kaffee verdient.«

»Sieh einer an! Da könnte ich ihm wirklich vorschlagen, dem Ingenieur die dreißigtausend Kronen zu leihen, die er braucht, um sein Luftfahrradmodell fertig zu machen.«

»Um Gottes willen, Professor, verraten Sie nicht, daß Sie etwas wissen. Robertsen ist ein brillanter Kamerad und im Grunde herzensgut. Aber in Geldsachen ist er diffizil. Nein, verlassen Sie sich auf mich, ich weiß schon, wie die Sache anzupacken ist. Und gibt Robertsen erst, dann gibt er ebenso gern hunderttausend wie dreißigtausend. Voriges Jahr hat er dem König eine Million geschenkt.«

»Ist das wirklich wahr, Baron?«

»Auf Ehre! Zum Dank dafür wurde er doch auch Generaldirektor. Und wenn ich auch sehr wohl einsehe, daß Robertsen ein Snob ist, so will ich doch bis an mein Lebensende für seine Ehrenhaftigkeit einstehen. Habe ich Ihnen zum Beispiel nie erzählt, was er an unserm gemeinsamen Freunde, dem Staatsrat Frankenstein, getan hat?«

»Nein – ich erinnere mich jedenfalls nicht mehr.«

»Nun gut – Sie wissen, als Frankenstein vor etwa einem halben Jahr hier aufs Gut kam, da hatte er sein ganzes Geld in Zigarrenbauchbinden verspekuliert. Es hieß sogar, er sei genötigt, die ganze Sammlung zu realisieren. Die Sache war doch so, daß sich in Amerika ein Ring gebildet hatte in der Absicht, alle europäischen Konkurrenten zu ruinieren. Aber dann eines Abends, als wir unten bei Robertsen saßen und Bridge spielten, sagte er so ganz *en passant* zu Frankenstein: Wollen wir ein Kompaniegeschäft machen? Sie geben Ihre Sammlung, die wir auf sagen wir drei Millionen schätzen, und ich gebe eine entsprechende Summe in bar. Und dann schicken wir Carl Philip nach Amerika und lassen ihn Rockefellers und Morgans

Sammlungen kaufen. Dann mögen die andern Hanswürste nur kommen. – Sehen Sie, so etwas finde ich verteufelt flott und forsch. Oder was meinen Sie, Professor?«

»Es ist höchst erfreulich für beide, für Frankenstein wie für Robertsen. Aber ich muß leider weiter, lieber Baron. Sagen Sie mir nur, ehe ich gehe: Wie war es heute mit der Abführung? Hat das Pulver geholfen?«

Der Baron lachte, daß er husten mußte. Von Husten und Lachen erstickt, prustete er: »Es hat sich herausgestellt, daß ich den Magen voller Goldfische hatte, Professor. Ich habe dem Assistenzarzt ein paar davon geschenkt. Der eine war übrigens eine Seltenheit. Den hatte ich seinerzeit verschluckt, als ich in Versailles in einen der Schloßkanäle gefallen war. Er hatte ein Halsband, das Marie Antoinette gestickt hatte. Ich glaube, das Assistenzbaby (entschuldigen Sie, das ist so ein Schmeichelname, den wir Doktor Martin gegeben haben) – freut sich mächtig darüber. Er sprach davon, er wolle ihm eine Hundemarke anschaffen und ihn an der Leine spazieren führen. Und er wird sicher Vergnügen davon haben. Denn er hatte ungewöhnlich kluge Augen. Und er konnte sein Vaterunser von A bis Z. Es ist ja auch nicht ganz alltäglich, daß ein Goldfisch das alte Regime und die Revolution und Napoleon und Louis Philippe miterlebt hat – von Boulanger und *la divine*Sarah ganz zu schweigen. Mir ist es übrigens einerlei. Mögen sie vermodern!«

»Wer soll vermodern, Herr Baron? Die Goldfische?«

»Nein, die Preußen und die Juden – zum Teufel!«

»So so, Herr Baron! Aber regen Sie sich nur nicht auf. Viel Vergnügen und auf Wiedersehen!«

»Verzeihen Sie, Professor Salomon. Um Gottes willen, glauben Sie nicht, daß ich Sie verletzen wollte.« Und indem er den Professor hinauskomplimentierte, klopfte er ihm gönnerhaft auf die Schulter. »Ich vergesse es immer, weil man es Ihnen wirklich gar nicht ansehen kann.«

Kaum war die Tür geschlossen, als der Baron wieder einen Lachkrampf bekam.

Er lag noch auf seiner Chaiselongue und stöhnte, als Ingenieur Westermann – Ausgangs der Dreißiger, lang, dünn, glattrasiert, kahlköpfig und mit Monokel – und Direktor Robertsen – fünfundfünfzig- bis sechzigjährig, breit und untersetzt, mit rot gesprenkeltem Gesicht, kurzem dickem Schnurrbart, einem goldenen Kneifer, das linke Bein etwas mager und schlotternd in der weißen Hose – eintraten. Beide im Smoking, der Ingenieur mit einer phantastisch lachsfarbenen Weste mit violetten Punkten, ausgeschnittenen Hausschuhen, violetten Seidenstrümpfen und etwas blankgetragenen, aber scharf gefalteten Beinkleidern.

»Aber bester Baron,« sagte Robertsen, »was ist denn mit Ihnen los?«

»Er lacht am Ende noch über meine Geschichten von gestern abend« – meinte der Ingenieur.

Der Baron nahm sich plötzlich zusammen. Stand auf und machte eine Handbewegung: »Willkommen, meine Herren! Ich bitte Sie diesen nicht sehr korrekten Empfang zu verzeihen. Pardon! Aber ich sage Ihnen, es war zu lächerlich. Unser ausgezeichneter Prophet – ein vortrefflicher Mann, bedeutend in seinem Fach, nach allem, was man mir auch im Auslande, ich meine in Frankreich, versichert hat – war wirklich höchst *comique* . Er ging fort, kurz bevor die Herren kamen. Er ist ja so daran gewöhnt, mit verrückten Leuten umzugehen, daß er sich allmählich einbildet, alle sind verrückt. Zum Beispiel Sie, meine Herren, und ich. Und da hab ich ihm eine Geschichte von ein paar Goldfischen aufgebunden. Sie hätten sein Gesicht sehen sollen, als ich ihm erzählte, ich hätte den Magen voller alter historischer Goldfische gehabt. Und zugleich habe ich ihm einen kleinen Stüber auf seine neugierige Judennase gegeben.«

Robertsen schwenkte das apoplektische linke Bein elegant und steif nach vorn, während er sich auf einen der Stühle am Spieltisch niedersinken ließ. »Ja, Sie entschuldigen,« sagte er und deutete auf das Bein. Und er fuhr fort: »Ist das aber auch klug von Ihnen, Baron? Wir wissen ja doch alle, daß der Prophet ein Spion ist.«

»Ein widerlicher Kriecher,« fiel der Ingenieur ein, »ein alter Fuchs.«

»Liebe Freunde,« sagte der Baron und bot Zigaretten an, »ich schätze Ihre psychologischen Fähigkeiten in hohem Grade. Aber gestatten Sie mir die Bemerkung: keiner von Ihnen hat die Erfahrung, die man bekommt, wenn man in den Kulissen des politischen Theaters verkehrt. *Suaviter in modo, fortiter in re.*Sehen Sie, meine Herren, ich pfeife auf den Propheten. Wessen Spion ist er? Gut: der Spion meines lieben Schwagers und seiner perversen Sprößlinge. Aber letzten Endes: wer, meine Herren, glauben Sie, ist am stärksten? Oder meinen Sie, meine Partei läßt mich im Stich? Und sehen Sie, den Justizminister kann ich um den kleinen Finger wickeln. Ich sage das nicht aus Prahlerei. Er ist ein *bon garçon* . Und mein intimer Freund. Ein wirklicher Bewunderer von mir. Habe ich Ihnen seinen letzten Brief vorgelesen? Dann hören Sie zu.«

Der Baron holte ein elegantes, etwas abgenutztes Portefeuille aus der Tasche und suchte aus einem Haufen vergilbter Papiere einen Brief hervor, der besonders deutliche Altersspuren trug.

»Seine Exzellenz,« sagte er, »schreibt mir also: Lieber Löwendahl, Sie haben vollständig recht. Sie müssen auf dem Gut bleiben und es verteidigen. Solange Sie da sind, kann nichts Verkehrtes geschehen. Und den Professor behalte ich im Auge. Sie wissen, daß Sie sich auf mich verlassen können. An den Hofjägermeister – meinen Schwager also – müssen Sie nicht denken. Er ist und bleibt ein Knabe neben Ihnen, dessen eminente Bedeutung für Landwirtschaft und Politik immer in treuer Erinnerung bleiben wird. Nicht zum wenigsten bei Ihrem stets ergebenen Chr. Fr. Bertaldi.

Nun, was sagen Sie dazu?« Der Baron legte den Brief sorgfältig zusammen und wischte sich mit seinem Taschentuch die Augen, die feucht geworden waren.

»Ach ja,« schloß er unter dem spöttischen Schweigen der andern: »Bertaldi ist ein Freund, auf den man sich verlassen kann. Dieses Jahr kommt er ganz bestimmt zu meinen Herbstjagden her.«

Robertsen saß da und baumelte mit dem kranken Perpendikel. Er kochte vor Wut. Jetzt explodierte er.

»Bertaldi ist ein Verbrecher,« sagte er. »Und ich kann es beweisen.«

»Er müßte im Zuchthause sitzen,« fügte der Ingenieur hinzu.

Es fiel dem Baron schwer, sich zu beherrschen. Aber als der feine Mann, der er war, nahm er sich zusammen und lachte nachsichtig: »Aber meine Herren, wie können Sie an die Beschuldigungen einer Pöbelpresse glauben!«

Robertsen stand auf und wurde ganz blutrot im Gesicht von der Anstrengung: »Dann will ich Bertaldi anschuldigen, und ich will es am Jüngsten Tag vor Gott dem Herrn bezeugen: er hat sich von meiner Frau bestechen lassen ... dies Luder!«

»Und ich,« sagte der Ingenieur: »ich kann bei meiner Seligkeit einen Eid darauf ablegen, daß er einer von seinen Kreaturen den Auftrag gegeben hat, meine erste Erfindung zu stehlen: das selbstkomponierende Klavier. Mir ist es ja schließlich einerlei. Aber die Herren müssen mir doch zugeben, daß es banditenhaft ist, eine so merkwürdige Erfindung, die alle Komponisten überflüssig macht, zu stehlen, ja, ich sage rund heraus *stehlen*...«

»Aber so haltet doch in des Teufels Namen Frieden und seid gute Kameraden.«

Breit und groß und jovial, das Gesicht leuchtend vor leutseliger Aufgeräumtheit, stand Rechtsanwalt Liebegott in der Tür, eine Menge phantastischer Ordensdekorationen auf der mächtigen Brust.

»Sie haben recht, lieber Advokat. Willkommen in meinem bescheidenen Hause. Doppelt willkommen als Friedensengel. Und nun, da die Gesellschaft versammelt ist, fangen wir an. Frankenstein kommt nicht, er arbeitet an seinem Katalog. Wollen die Herren losen?«

»Jawohl,« antwortete der Direktor, der sich jetzt wieder hingesetzt hatte, »wenn ich nur sitzen bleiben darf.«

Liebegott und der Direktor, der Baron und der Ingenieur wurden Partner. Während Liebegott gab, sagte er leicht hingeworfen: »Wir müssen wohl verabreden, wie hoch wir spielen.«

»Wenn keiner von den Herren etwas dagegen hat,« antwortete der Baron, »so würde ich vorschlagen: wie gewöhnlich.«

»Ja, es hat vielleicht keinen Sinn, höher zu gehen,« sagte Robertsen nachsichtig. »Obwohl ich für meine Person es wohl einmal mit tausend Kronen versuchen möchte.«

»Ich bin kein Börsenbaron.« Der Ingenieur war nahe daran, die Karten hinzuwerfen. »Ja,« fuhr er fort, »ich bin leider genötigt, mit Schillingen zu rechnen. Aber die Herren können ja zu dreien spielen.«

»Nun, nun, lieber Westermann« – Robertsen berührte ihn unter dem Tisch mit dem steifen Bein. »Dann bleiben wir bei den üblichen hundert Kronen.«

»Ja,« sagte der Baron vermittelnd, »wir spielen ja doch nicht um Geld. Und obwohl Verlust und Gewinn sich in der Regel ausgleichen, wenn man oft zusammen spielt, so finde ich doch auch, daß keiner höher gehen soll, als er ohne Schwierigkeit vertragen kann. Also meine Herren – hundert Kronen?«

»Meinetwegen, Baron!« – Liebegott meldete zwei *Sans-atout* , »und nun spielen wir also und faseln nicht. Heute abend soll's, der Teufel hol's, Ernst werden. Übrigens muß ich gestehen, daß mir verdammt trocken im Halse ist. Aber vielleicht ist es ein Mäßigkeits-Bridge?«

»Sie haben nicht so unrecht, lieber Advokat – ich bin ganz verzweifelt. Aber ich bin durch den Besuch des Propheten völlig in meinen Dispositionen gestört worden. Pardon: jetzt werde ich klingeln.«

Einige Minuten später kam eine dicke ältere Frau herein. Sie hatte eine weißleinene Schürze um.

»Herr Baron wünschen?« fragte sie schmunzelnd.

»Zwei Mumm *goût americain*1904; Whisky und Soda; vier Mokka-Likör. Meukow 1789. *Fruits assortis* . Und, schönes Kind, später am Abend – sagen wir um zwölf Uhr – kaltes Geflügel, etwas Käse, englischen Sellerie und Radieschen. Habe ich Ihren Geschmack getroffen, meine Herren? Oder möchten Sie lieber etwas anderes?«

»Wie ist es augenblicklich mit Krabben?« fragte Robertsen.

»Eine ausgezeichnete Idee,« sagte der Baron. »Prinzessin Sonnenschein, wissen Sie, ob es heute Krabben gibt?«

»Es gibt selbstverständlich alles, was Herr Baron wünschen.«

»Also gut. Dann lassen Sie den Küchenchef die größten für uns aussuchen. Und wenn der Kaviar gut ist, bringen Sie uns auch ein paar Portionen. Soviel ich mich erinnere, muß der Croûte jetzt auch in *condition*sein. Also: Krabben, Kaviar, Croûte. Und gemischten Käse. Wenn der Stilton einigermaßen frisch ist, soll er ihn nicht vergessen.«

»Jawohl, Herr Baron. Ich bringe, was wir haben.«

»Sie sind ein Engel. Sie sind viel mehr. Sie sind die süßeste kleine Hexe. Kommen Sie einen Augenblick her zu mir, ich will Ihnen etwas ins Ohr flüstern ... Aber Kind, warum sind Sie so scheu? ... Glauben Sie, ich habe keinen Respekt vor Ihrer Unschuld? Auch wenn es Sie kleiden würde, auf einem Besenstiel zu reiten. In Gottes Namen: gehen Sie! Geh in ein Kloster, Ophelia! Und sagen Sie dem Küchenchef, er soll gleich ein paar Flaschen Pale Ale hereinschicken, wenn er diesen Göttertrank in seinem elenden Provinzausschank hat.«

Liebegott hatte sich an der Tür zu schaffen gemacht, und als Frau Hansen mit ihrem Hinterteil vorbeisegelte, praktizierte er geschickt eine Stecknadel hinein.

»Verrückte Mannsperson,« sagte sie und kreischte kokett auf. »Wenn man Witwe ist und ohne Beschützer, sollte man doch wohl in seiner Weiblichkeit in Ruhe gelassen werden.«

»Gott, wie schön Sie sind, Ludowika,« flüsterte Liebegott. »Kommen Sie heute nacht zu mir?«

»Ja, mit einem Lavement,« sagte Frau Hansen und schlug die Tür hinter sich zu.

Die vier Herren nahmen kichernd das Spiel wieder auf.

»Ein flottes Frauenzimmer,« sagte Liebegott und stocherte sich mit der Stecknadel in den Zähnen. »Ich sage Ihnen, es war, als stäche man in ein Federbett. Es schwabbelte förmlich.«

»Ja, sie hat etwas Rubenssches,« fiel der Baron ein. »Ob sie tugendsam ist?«

»Höhö,« gluckste Westermann, daß das Monokel herunterfiel und sein Adamsapfel an seinem langen, dünnen Halse auf- und abgurgelte.

»Weibliche Tugend, meine Herren,« sagte Robertsen, »ist eine Geschäftsfrage. Ich würde glauben, daß selbst Frau Hansen sich von – sagen wir einer Million verlocken lassen würde.«

»Haben Sie es etwa versucht?« fragte der Baron.

»Darüber möchte ich mich nicht äußern. Diskretion ist für mich immer Ehrensache.«

»Ich habe die flottesten Mädels in Europa und in Mittelamerika gekannt,« sagte Westermann, »ich kann wohl sagen: Mädchen, die in irgendwelcher körperlichen Beziehung keineswegs hinter Frau Hansen zurückstanden – ob man sie nun drall oder hundemager liebt. Unter andern eine italienische Herzogin –, um nur ein einzelnes Beispiel zu nennen. Aber ich kann Ihnen versichern, meine Herren, ich habe nie einer von ihnen auch nur fünfzig Pfennig gegeben. Im Gegenteil. Nach meiner Auffassung ist es eines Gentlemans unwürdig, eine Frau zu bezahlen, die ihn liebt. Gott im Himmel, wie hatten wir es gut – die Herzogin und ich. Und meinem Alten imponierte es mächtig, als ich von der Riviera nach Hause kam und beinahe noch Geld gespart hatte. Von dem Augenblick an hatte er Zutrauen zu mir. Er prahlte all seinen Börsenfreunden gegenüber mit meinen finanziellen Fähigkeiten. Und es war kurz davor, daß ich Direktor der Nationalbank geworden wäre.«

»Höchst kurios,« sagte der Baron und sah ein bißchen verständnislos aus. Aber Liebegott grunzte vor Lachen bei Westermanns Prahlereien und stieß die Freunde rücksichtslos unter dem Tisch mit dem Fuß, ohne auf Robertsens mühsame Anstrengungen, sein krankes Bein zu retten, zu achten.

»Das ist doch wirklich schade, alter Junge, daß du dir diesen Spaß hast entgehen lassen. Dann wärst du doch wenigstens Ritter des Danebrogs geworden.«

»Ritter!« sagte der Baron; »damit wäre es nicht getan. Unser ausgezeichneter Freund wäre in diesem Augenblick mindestens Kommandeur des Großkreuzes.«

Westermann stieß eine Rauchwolke durch die Nase: »Hol der Teufel diesen ganzen Tingeltangel. Ja, du mußt wirklich entschuldigen« – er wendete sich zu Liebegott; »ich sehe, du hast einen neuen Pelikan bekommen.«

Liebegott wurde plötzlich ernst und sagte: »Im Prinzip bin ich vollkommen deiner Meinung. Und wie die Herren sehen, trage ich auch keine dänischen Orden. Unsere einheimischen Orden sind nach meiner Meinung in erster Linie geschmacklos. Was für ein Vergnügen macht außerdem ein Orden, den jeder unbestrafte Beamte bekommen *muß* , wenn er ein gewisses Alter erreicht hat? Aber die Orden, die ich in aller Bescheidenheit trage, bekommt niemals ein dänischer Oberst oder Bischof. Jeder einzelne ist eine Seltenheit, darf ich wohl sagen. Das sind keine Orden, die man gratis bekommt. Ich kann ohne Prahlerei von all meinen Dekorationen angeben, was jede einzelne von ihnen in Handel und Wandel wert ist. Sehen Sie zum Beispiel diesen letzten – das Rote Kreuz der montenegrinischen Ehrenlegion – er wird im letzten Katalog mit 11 500 Franken notiert. An und für sich ist das nicht teuer in Anbetracht dessen, daß lebenslängliches Adelspatent und Pascharang damit verbunden sind. Aber unter uns: ich habe ihn zum Vorzugspreis mit 25 Prozent Rabatt durch einen italienischen Kollegen bekommen, der seiner Zeit den Ordenskanzler davor gerettet hat, als Spion erschossen zu werden.«

»Leider kann ich keinen Rabatt geben, lieber Baron,« sagte Robertsen, der das Spiel angesagt hatte und mit den sechsundzwanzig Karten dasaß. »Jetzt nehme ich den Pik-As vom Tisch. Spiele aus. Bitte schön, Westermann, die Dame drauf! Das behagt Ihnen nicht? Aber da hilft keine gute Madonna. Wird mit dem König gestochen. Nun Bauer heraus ... Und nun decke ich auf. Haben die Herren etwas einzuwenden? Wie? Justizrat – das haben wir fein gemacht.«

Im selben Augenblick ging die Tür auf, und Frau Hansen, begleitet von einem Stubenmädchen, brachte das Abendbrot und die Getränke auf zwei großen Tabletten.

»Ein Wort zu rechter Zeit!« Westermann rieb sich entzückt die Hände. »Jetzt soll ein Whisky gut tun.«

»Ja, aber nicht mehr als zwei kleine vorsichtige, Herr Ingenieur, sollte ich vom Professor bestellen,« sagte Frau Hansen und stellte das Tablett auf einen runden Tisch.

Etwas nervös fragte Robertsen: »Haben Sie für mich vom Professor keinen Bescheid mitbekommen?«

»Nicht daß ich wüßte. Aber ich habe dem Herrn Generaldirektor das Pulver auf den Nachttisch gelegt.«

»Der Professor hat nichts davon gesagt, daß für mich ein Telegramm gekommen ist?«

»Nein, davon hat er nichts gesagt.«

»So bereiten Sie selbst das erste Glas, Sie geizige Giftmischerin,« unterbrach Westermann. »Nachher nehmen wir dann Revanche. – Danke, mein Engel, danke, Sie gesegnete unter den Frauen.«

Und während die Zunge vor Wollust schnalzte und der Adamsapfel durstig auf und nieder gurgelte, goß Westermann den gelben Strom von Frau Hansens Zitronenwasser in sich hinein.

»Ah!« sagte er und stellte etwas außer Atem das geleerte Glas aus der Hand, »ah, war das schön! Whisky, meine Herren, schmeckt nur gut, wenn man ihn in langen Zügen genießt: zum Nippen eignet er sich nicht. Ludowika, mein holdes Kind, schenke den andern ein und kredenze mir auch gleich mein armseliges letztes Glas. Und vergiß nicht, es morgen dem Professor zu petzen.«

»Das Fleisch muß willig sein, Herr Ingenieur, wie in der Heiligen Schrift steht,« lachte Frau Hansen blasphemisch, und sie machte einen so aufgekratzten Eindruck, als hätte sie selber einen Labetrunk genossen.

Sie hatten nun alle die gefüllten Gläser vor sich, und der Baron sagte: »Danke, liebe Frau Ludowika, Sie und Fräulein Gyldenlok können jetzt ruhig Ihr keusches Lager aufsuchen. Wir werden ausgezeichnet allein fertig. Und ich verspreche Ihnen, daß wir die andern Gäste nicht stören werden.«

»Jaja, Herr Baron. Dann wünsche ich Ihnen und allen Herren einen recht vergnügten Abend.«

Fräulein Gyldenlok stand schon vorsichtig an der Tür, während die abgehärtetere Frau Hansen unter etlichem koketten Gekreisch erst noch von Arm zu Arm ging.

»Ich schlage vor,« sagte der Baron, als nach dem Verschwinden der Damen der zweite Robber im Handumdrehen beendet war, »daß wir auch den letzten Robber zu Ende spielen, ehe wir soupieren. Es ist, wie Sie sehen, nichts Warmes. Nur ein kleines kaltes Büfett. Konveniert es den Herren so?«

» *Allright* « antwortete Robertsen. » *Very well, Sir,* « fügte der Ingenieur hinzu.

» *As you like* « – sagte Liebegott abschließend, worauf er monoton vor sich hinleierte: » *I am a little boy. Have you a sister? How do you do? Please. Can you*hüpfen und springen? *Will you have*ein paar auf den Schnabel? Morning, Sir! Und jetzt spielen wir, hol mich der Teufel. Ohne Gefasel und Getu. Sie geben, Herr Generalissimus.«

»Unser guter Rechtsanwalt,« sagte Robertsen würdig, während er mit dicken, tastenden Händen die Karten verteilte, »scheint mir von dem herrlichen Whisky des Barons schon recht erfreulich beeinflußt zu sein. Darf ich mir die Frage erlauben, woher Sie ihn beziehen?«

»Ach, das ist eine Marke, die ich schon viele Jahre lang getrunken habe; ich bekomme sie durch einen kleinen Weinhändler, der seinerzeit Hofmeister auf König Eduards Lustjacht war. Aber während meines Aufenthalts hier lasse ich ihn, wie das meiste andere, vom Professor besorgen. Das ist mir am bequemsten so.«

»Drei Coeur,« meldete Robertsen. Er und der Baron spielten jetzt zusammen. »Nun ja, ich benutze auch den Professor. Aber bisweilen ist er nicht zuverlässig. Ich begreife zum Beispiel nicht, daß das Telegramm nicht gekommen ist.«

»Drei Coeur« – Westermann überlegte. »Nun gut, ich melde fünf Pik. Erwarten Sie das Telegramm wegen des Kaffees?«

»Selbstverständlich. Fünf Pik. Dubliert.«

»Redubliert.«

Liebegott schlug auf den Tisch. »Ich mache Sie darauf aufmerksam, daß wir nicht Schwarzpeter spielen. Jedenfalls haben wir andern wohl auch das Recht, ein Wort mitzureden. Ich melde fünf *Sans-atout* .«

»Das Vierfache,« sagte der Baron.

»Und wieviel hinten herum?« fragte Liebegott.

Der Baron flammte auf und erwiderte völlig unbeherrscht: »Ich bin kein Viehhändler.«

Liebegott saß einen Augenblick gelähmt. Man fühlte ein Gewitter in der Luft. Robertsens krankes Bein zuckte nervös, so daß er fest die Hand darauf legen mußte, um es in Zucht zu halten, und der Baron versuchte vergebens die vornehme Unanfechtbarkeit seines Gesichts zu bewahren; seine Augen flackerten nervös.

Dann kam die Explosion: »Also jetzt legen wir die Karten hin, lieber Baron. Und ich darf wohl das Vergnügen haben, Ihnen morgen auf nüchternen Magen meine Sekundanten zu schicken. Euer Hochwohlgeboren müssen verzeihen, wenn das Leute sind, die mit Ochsen umzugehen pflegen.«

»Meine Herren,« sagte der Baron bleich und zitternd, zu Robertsen und Westermann gewendet, »ich bitte Sie, diese peinliche Szene zu entschuldigen. Es ist immer bedauerlich, aber an und für sich eine gerechte Strafe, wenn man dafür büßen muß, daß man in seiner Gesellschaft nicht wählerisch war.«

Im selben Augenblick klopfte es kurz und militärisch an die Tür, und ein Wärter trat ein.

Die vier Herren waren verstummt und saßen steif und korrekt mit ihren Karten da.

Eine ungeheure Erleichterung war es für alle, als der Wärter sagte: »Ich sollte Herrn Generaldirektor vom Herrn Professor bestellen, daß aus Kopenhagen telephoniert worden ist. Ich sollte nur sagen, die Sache sei in Ordnung.«

Der Generaldirektor fühlte sich nicht nur erleichtert – ihm wurde schwindlig vor Glück. Er versuchte aufzustehen, konnte aber nicht, das kranke Bein tanzte einen Veitstanz. Er wollte etwas sagen, aber die Zunge versagte. Er suchte in der Westentasche, fand aber nichts. Nahm dann den Bleistift von der Bridgeabrechnung und schrieb mit zitternder Hand etwas auf ein Stück Papier.

»Da, mein Freund,« er stotterte zuerst etwas, wurde dann aber plötzlich ganz sicher und fuhr in überlegen ruhigem Geschäftston fort:»Da, Sören, das ist für Sie. Lassen Sie sich morgen von der Kassiererin diese kleine Erkenntlichkeit aus meinem Konto auszahlen. Und gehen Sie dann gleich zum Professor hinüber und überbringen Sie ihm meinen verbindlichsten Dank.«

Sören besah das Stück Papier. Und mit einem gutmütigen Lächeln sagte er:»Ich danke auch vielmals. Aber ich finde, es ist doch eigentlich viel zu viel. Und Gott weiß, ob Fräulein Peddersen überhaupt so große Beträge bei sich hat.«

»Wenn Sie die Summe nicht in bar bekommen können, Sören, so lassen Sie sich von Fräulein Peddersen eine Anweisung geben.«

»Jawohl. Ich danke Ihnen auch vielmals, Herr Generaldirektor. Aber wenn es nicht unbescheiden ist, wäre ich für heute ganz befriedigt, wenn Herr Direktor mir eine Zigarre spendieren würden. Am liebsten eine mit Bauchbinde, denn dann könnte ich morgen Herrn Frankenstein mit der Binde erfreuen.«

Robertsen und die anderen Herren fanden Sörens kindlichen Wunsch ergötzlich.»Ja, und ob Sie eine Zigarre haben sollen,« sagte Robertsen und entleerte das Etui in seine Hand.

Sobald Sören aus der Tür war, sagte Robertsen:»Liebe Freunde, wenn ich mich recht erinnere, war ein Mißklang in unser Fest gekommen. Aber dies ist für mich meines Lebens größter Siegestag bisher geworden. Und ich möchte Sie deshalb bitten, mir den Beweis zu geben, daß Sie an meiner Freude teilnehmen, indem Sie allen alten Groll vergessen.«

»Ach Unsinn, alter General,« lächelte Liebegott,»von Neid und Groll ist hier nicht die Rede. Wir haben einander die Jacke vollgeschimpft – weiter doch nichts. Was, Baron?«

»Ich für mein Teil, bester Herr Rechtsanwalt ... ich möchte nur betonen ...«

»Ach lassen Sie nur das Betonen. Sie sind, der Teufel soll mich holen, der reizendste und unvergleichlichste Mensch in unserm reizenden und unvergleichlichen kleinen Heimatland. Und wenn ich das hier in Gegenwart von Zeugen sage, so steht es damit felsenfest, wie durch Reichsgerichtsurteil bestätigt. Nicht wahr, Baron, jetzt trinken wir ein Glas ... Also Prosit! Trinken Sie mit, meine Herren, Sie sind Zeugen! Wohlsein allerseits! ... Und wie ist es nun mit dem Kaffee? Es schien ja eine feine Tasse Mokka zu sein, die Sören Ihnen eingeschenkt hat ...«

»Leider ist mein Mund mit sieben Siegeln verschlossen,« sagte Robertsen und setzte eine mystische Miene auf, während er den Stuhl zurückschob und mit mutwillig gymnastischer Behendigkeit das lahme Bein auf den Tischrand schwang. »Nein,« fuhr er fort, »es ist, im Ernst, für mich vollkommen unmöglich, etwas zu verraten. Nur soviel kann ich Ihnen wohl andeuten, daß das, was heute passiert ist, unser liebes kleines Vaterland zu einer finanziellen Großmacht machen wird. Und daß ich dazu habe beitragen können, dafür danke ich unserm Herrgott in aller Ehrerbietung und Ergebenheit. Ich freue mich auch darüber, daß ich diesen für mich und Dänemark so bedeutungsvollen Tag gerade mit Ihnen zusammen feiern kann, meine Herren! Mit Ihnen – sage ich! Mit Ihnen, meine Freunde!«

Es entstand ein kleines andachtsvolles Schweigen. Dann sagte der Baron: »Ich möchte vorschlagen, daß wir es heute abend mit den zwei Robbern bewenden lassen. Und daß wir – denk es ist schon spät – uns sofort über die bereitstehenden Erfrischungen hermachen und mit einem Glase Wein unserm genialen Freunde unsern Glückwunsch darbringen ... Wenn Sie damit einverstanden sind, so bitte ich Sie, lieber Herr Westermann, die kleine Abrechnung zu machen.«

»Jawohl,« sagte Liebegott, »ich werde mit dem größten Vergnügen und ohne alle Kleinlichkeit mich zu Ehren des Generaldirektors sternhagelvoll trinken. Aber ich bin doch traurig, daß Robertsen so geringes Vertrauen zu uns hat.«

»Ich bitte Sie, nicht so bittere Worte zu gebrauchen, Herr Rechtsanwalt. Es gibt wirklich – das können Sie mir glauben – keinen Menschen, dem ich mein Herz lieber öffnen würde als Ihnen, dem scharfsinnigsten Juristen unseres Landes oder Ihnen, lieber Baron, dessen Verdienste bereits in unsere politische und agrarische Geschichte eingeschrieben sind, und zuletzt, doch nicht am wenigsten, Ihnen, Herr Ingenieur Westermann, Dänemarks Edison. Der liebe

Gott gebe Ihnen, lieber Westermann, seinen Segen dazu, daß Sie einmal, wenn er Sie zu sich ruft, die Reise per Luftfahrrad machen können.«

»Sind Sie fertig mit der Abrechnung?« fragte der Baron.

»Einen Augenblick noch!«

»Leider haben Sie wohl nicht gewonnen?« fragte der Baron bekümmert.

»Ach Unsinn« – Westermann hatte sich von Robertsens Schmeicheleien nicht anfechten lassen; er hatte knapp hingehört; er kannte ja doch seine eigene Bedeutung selbst am besten. »Ach Unsinn,« sagte er; »ein paar Tausend mehr oder weniger spielen für mich und meine Erfindung keine Rolle. Ich bin übrigens jetzt fertig. Das Resultat ist also folgendes, meine Herren: Der Generaldirektor hat wieder Glück gehabt und 337 400 Kronen gewonnen, der Baron hat 220 000 verloren, Liebegott 79 400 und ich 38 000.«

»Gott sei Dank,« sagte der Baron; »heute abend haben wir uns doch in annehmbaren Grenzen gehalten. Das wird den Professor freuen. Er ist ja doch ein bißchen spießbürgerlich. Und er kann nicht leiden, daß hier auf dem Gut allzu hoch gespielt wird. Also, bester Generaldirektor, darf ich, ehe wir zu Tisch gehen und ehe ich es vergesse, Ihnen meine Schuld bezahlen. Soweit ich mich erinnere, sind wir sonst quitt. Ich gebe Ihnen also hier auf meiner Visitenkarte einen Bon über den Betrag.«

Robertsen nahm die Karte. Hielt sie einen Augenblick in der Hand – man konnte sehen, daß er überlegte und rechnete. Dann sagte er: »Wie wunderlich das Leben ist. Vor zehn, zwölf Jahren wären ein paar lumpige Hunderttausend für mich ein märchenhafter Reichtum gewesen. Ob ich jetzt, namentlich nach dem, was heute geschehen ist, zwei- bis dreihunderttausend mehr oder weniger habe, spielt absolut keine Rolle. Und ich weiß, daß unser Freund, der Ingenieur, mit einer verhältnismäßig kleinen Summe seine epochemachende Erfindung ausführen kann. Also, lieber Westermann, machen Sie mir die Freude, den Bon des Barons von mir anzunehmen.«

»Das ist eine scharmante Idee!« – Der Baron strahlte vor Begeisterung.

»Nein,« sagte Westermann, »das ist zuviel, das kann ich nicht annehmen. Ich bin Ihnen aufrichtig dankbar, lieber Generaldirektor, aber ich kann es nicht.«

»Stecken Sie die Karte nur in die Tasche und machen Sie sich keine Gewissensbisse. Natürlich ist es kein Geschenk. Wenn ich nicht an Ihr Genie glaubte, gäbe ich Ihnen keinen roten Heller. Und ich verlange auch anständige Zinsen von meinem Gelde. Der Diskont ist ja augenblicklich hoch. Sie bekommen in keiner Bank Geld unter sieben Prozent. Was meinen Sie zu sechs Prozent?«

»Gewiß, wenn die Sache so geordnet wird, als eine Kapitalisierung meiner Erfindung – dann kann ich annehmen. Aber mehr als fünfeinhalb Prozent gebe ich auf keinen Fall.«

Der Baron trippelte nervös umher, entsetzt über Westermanns Frechheit. Wie, wenn Robertsen wütend wurde!

Aber Westermann war unerschütterlich. Und Robertsen, der es nicht liebte, ein Geschäft auf halbem Wege aufzugeben, ließ sich von der Kaltblütigkeit des andern imponieren.

»Also in Gottes Namen, hier haben Sie die Visitenkarte des Barons. Es bleibt also bei fünfeinhalb Prozent. Der Ordnung halber ziehen wir, wenn Sie nichts dagegen haben, die kleine Summe ab, die Sie mir für heute abend schuldig sind.«

»Bitte sehr.«

Während die beiden Herren mit viel formeller Höflichkeit die Visitenkarte in Ordnung brachten, hatte Liebegott auf einem einfachen Stück Papier seinen Bon über 79 400 Kronen ausgestellt und schob ihn nonchalant Robertsen hin. »Bitte sehr, Herr Generaldirektor, hier ist mein bescheidener kleiner Beitrag.«

»Danke bestens, Herr Rechtsanwalt.« Und mit seinen dicken Fingern nahm Robertsen den Fetzen Papier und wollte ihn in seine Westentasche schieben, verlor ihn aber, ohne daß er selbst oder einer von den andern es bemerkte.

Unterdes hatte der Baron sich an dem runden Tisch zu schaffen gemacht, auf dem das Souper angerichtet war: Sodawasser, Weißbier, eine Platte mit Butterbroten, ein paar selbstgebackene Kuchen und eine Glasschale mit Apfelsinen. Mit vieler Feierlichkeit öffnete er die Sodawasserflaschen und ließ das Getränk in die Gläser schäumen.

Er klatschte in die Hände:» *Messieurs sont servis* ! Ich bitte Sie, sich zu versorgen. Aber zunächst schlage ich vor, daß wir ein Glas auf unsern Freund, den Generaldirektor Robertsen, leeren und ihn zu diesem für ihn so bedeutungsvollen Tage beglückwünschen. Freilich können wir ja seinen Triumph nicht im vollen Maße mitfeiern, da wir ihn nicht kennen. Aber Sie wissen, lieber Robertsen, daß Sie keine bessern Freunde haben als uns. Niemanden, der herzlicher mit Ihnen Sorgen wie Freuden teilt. Ihr Wohl!«

Robertsen hatte die Rede stehend angehört, aber sie machte einen so starken Eindruck auf ihn, daß sein krankes Bein völlig unbeherrscht unter ihm schlotterte. Er hatte sich an eine Stuhllehne klammern müssen, um sich aufrecht zu halten. Und als er mit allen angestoßen hatte, halfen Liebegott und der Baron ihm sorgfältig auf einen Stuhl.

Es dauerte einige Augenblicke, bis er sich zu einer Antwort sammeln konnte.

Mit einer Stimme, die mit dem Bein um die Wette zitterte, sagte er:»Nach all diesem kann und will ich meinen Entschluß zu schweigen nicht aufrechterhalten. Ich fühle, daß Sie, meine lieben, treuen Freunde, einen Anspruch darauf haben, an dem größten Ereignis in meinem Leben teilzunehmen. Ich weiß ja auch, daß ich mich völlig auf Ihre Diskretion verlassen kann.

Also, meine Herren: was heute geschehen ist, ist folgendes: von jetzt an beherrscht die dänische Regierung unter meiner Mitwirkung den Weltmarkt für Kaffee. Wie Sie vielleicht bemerkt haben, sind die Kaffeepreise im letzten halben Jahr immer niedriger und niedriger geworden. Ich habe also dem Finanzminister vorgeschlagen, Dänemark solle die Chance benutzen und allen Kaffee, der am Markt ist, aufkaufen. Aber nicht nur das, sondern auch die Ernte der kommenden zehn Jahre. Der Finanzminister – ein nicht unbegabter, aber kleinlicher Mann – war zunächst – was ja ganz natürlich ist – erschrocken, aber allmählich hat er sich meinen Argumenten gefügt. Heute hat er also die Genehmigung des Finanzausschusses bekommen, und morgen kaufen fünfhundert Agenten in der ganzen Welt im Namen des dänischen Staates alles auf, was die

Welt an Kaffee besitzt. Und in acht Tagen wird der Preis um fünfzig Prozent gestiegen sein. Hier handelt es sich um Milliarden, meine Herren. Dänemark kann seine sämtlichen Staatsschulden bezahlen, alle Steuern werden aufgehoben, und die Apanage Seiner Majestät wird um fünf Millionen erhöht. Dies letztere ist eine ausdrückliche Bedingung meinerseits.«

»Und Sie selbst, Herr Generaldirektor? Auf welche Art wird Ihr Vaterland Sie belohnen?«

»Natürlich bekomme ich einen bestimmten, genau festgesetzten Anteil am Gewinn. Außerdem werde ich zum Lehnsgrafen von Java ernannt. Eine Statue von mir wird vor der Börse errichtet, und – worauf ich besonderen Wert lege – die Universität macht mich zum Ehrendoktor. Endlich wird meine Tochter Äbtissin von Stift Vallö.«

Die Herren waren so überwältigt, daß sie keine Worte fanden. Endlich sagte Liebegott – und seine sonst immer frische Stimme klang ganz verschüchtert: »Aber wenn nun der Kaffee steigt und steigt, was sollen dann die armen Leute machen? Ist das nicht sehr schwer für sie?«

»Bester Herr Rechtsanwalt – das ist natürlich ein längst erwogenes Problem. An alle dänischen Bürger wird der Kaffee zu Preisen verkauft, die sich nach ihren Einnahmen richten. Und die ganz armen Familien bekommen jährlich soundsoviel Pfund gratis – soweit ich mich erinnere fünfzig Pfund für jeden Erwachsenen, und fünfundzwanzig für Kinder zwischen sechs und vierzehn Jahren.«

»Ja, wirklich,« sagte der Baron, »dies ist das Größte, was ich erlebt habe.«

»Ja, jetzt reden wir nicht mehr davon« – brach Robertsen ab. »Und nun danke ich für den schönen Abend und das herrliche Souper. Ich bin müde und muß mich zur Ruhe begeben.«

»Ja, dann gehen wir wohl alle,« sagte Westermann. »Ich muß außerdem noch einige Berechnungen fertigmachen.«

»Ein denkwürdiger Abend,« sagte der Baron, während er sich verabschiedete. »Aber was liegt hier?«

Er bückte sich und nahm Liebegotts Bon auf. »Bitte sehr, Herr Generaldirektor, das gehört Ihnen.«

Robertsen blickte durch seinen Klemmer auf den Papierfetzen und legte ihn dann auf den Spieltisch.

»Für die Bedienung,« sagte er. »Wenn Herr Baron gestatten« – fügte er galant hinzu.

Über tredition

Eigenes Buch veröffentlichen

tredition wurde 2006 in Hamburg gegründet und hat seither mehrere tausend Buchtitel veröffentlicht. Autoren veröffentlichen in wenigen leichten Schritten gedruckte Bücher, e-Books und audio-Books. tredition hat das Ziel, die beste und fairste Veröffentlichungsmöglichkeit für Autoren zu bieten.

tredition wurde mit der Erkenntnis gegründet, dass nur etwa jedes 200. bei Verlagen eingereichte Manuskript veröffentlicht wird. Dabei hat jedes Buch seinen Markt, also seine Leser. tredition sorgt dafür, dass für jedes Buch die Leserschaft auch erreicht wird.

Im einzigartigen Literatur-Netzwerk von tredition bieten zahlreiche Literatur-Partner (das sind Lektoren, Übersetzer, Hörbuchsprecher und Illustratoren) ihre Dienstleistung an, um Manuskripte zu verbessern oder die Vielfalt zu erhöhen. Autoren vereinbaren direkt mit den Literatur-Partnern die Konditionen ihrer Zusammenarbeit und partizipieren gemeinsam am Erfolg des Buches.

Das gesamte Verlagsprogramm von tredition ist bei allen stationären Buchhandlungen und Online-Buchhändlern wie z. B. Amazon erhältlich. e-Books stehen bei den führenden Online-Portalen (z. B. iBookstore von Apple oder Kindle von Amazon) zum Verkauf.

Einfach leicht ein Buch veröffentlichen: **www.tredition.de**

Eigene Buchreihe oder eigenen Verlag gründen

Seit 2009 bietet tredition sein Verlagskonzept auch als sogenanntes "White-Label" an. Das bedeutet, dass andere Unternehmen, Institutionen und Personen risikofrei und unkompliziert selbst zum Herausgeber von Büchern und Buchreihen unter eigener Marke werden können. tredition übernimmt dabei das komplette Herstellungs- und Distributionsrisiko.

Zahlreiche Zeitschriften-, Zeitungs- und Buchverlage, Universitäten, Forschungseinrichtungen u.v.m. nutzen diese Dienstleistung von tredition, um unter eigener Marke ohne Risiko Bücher zu verlegen.

Alle Informationen im Internet: **www.tredition.de/fuer-verlage**

tredition wurde mit mehreren Innovationspreisen ausgezeichnet, u. a. mit dem Webfuture Award und dem Innovationspreis der Buch Digitale.

tredition ist Mitglied im Börsenverein des Deutschen Buchhandels.

Dieses Werk elektronisch lesen

Dieses Werk ist Teil der Gutenberg-DE Edition DVD. Diese enthält das komplette Archiv des Projekt Gutenberg-DE. Die DVD ist im Internet erhältlich auf **http://gutenbergshop.abc.de**

Zeitfracht Medien GmbH
Ferdinand-Jühlke-Straße 7
99095 Erfurt, Deutschland
produktsicherheit@kolibri360.de